KB057798

이방인

이방인

이 기 원 소설

문이당

작가의 말

'청춘은 찬란하지만 노년은 아름답다'고 한다. 이제 노년에 접어든 나로서는 애써 이 문구를 끌어다 붙이고 싶다.

지나온 청춘이 결코 찬란하지 않았지만 찬란했었다고 위안 삼고, 지금부터 시작되는 노년이 아름답게 느껴지리라고 믿어 본다.

열 살 때부터 부모 슬하를 떠나, 스무 살 남짓까지의 학창 시절과 18년의 직업군인을 하다 보니 불혹이라는 마흔 문턱에 서게 되었다.

그로부터 4반세기 동안 사회생활을 하면서 많은 경험을 했다.

막노동으로부터 생산직 사원, 외판원, 주차 관리원, 미화원 등 스무 가지 직업은 족히 될 것 같다.

그러면서 틈틈이 글을 써서 여러 권의 책도 펴냈다. 아직은 무명 작가지만 언젠가는 무에서 유를 창조하리라는 신념 하나로 버티면서 살고 있다.

이 책은 학교와 군대와 사회로 연결되는 삶을 영위하면서 보고 듣고 직접 부딪치면서 느낀 점들을 엮은 것이다.

주로 서민들의 삶의 애환을 다뤘고 권력자나 재벌들의 비양심적인 행위를 질타 하기도 했다.

독자들께서 조금이나마 공감하고 하나라도 건질 것이 있다면 그것으로 만족한다.

2022년 가을

이 기 원

차례

두 시장

1

행복시장의 하루는 여명보다도 훨씬 빨리 시작되었다. 불혹이라는 마흔을 넘긴 순례는 배꼽시계의 알람을 듣고 주섬주섬 옷을 걸쳤다. 예전의 통행금지 해제를 알리는 새벽 네 시를 막 넘긴 시간이다.

행복시장 골목 어귀에 자리 잡은 두 칸짜리 전셋집에서 가게까지는 불과 3분만 걸어가면 족하다.

샛별의 인도에 체인별 같은 가로등만이 순례의 앞길을 안내하고 있다. 십 년 동안 다람쥐 쳇바퀴 돌듯한 그 길이건만 날마다 새롭게 느껴졌다. 어느 날은 아주 먼 타향의 낯선 길처럼 느껴지기도 했다.

상념에 젖은 그 길은 순례의 밥벌이를 인도하는 길이요, 3남매를 키워주는 구원의 길이기도 했다.

잠시 후, 비린내 풍기는 생선 가게의 문을 열고 좌판대 위에 여러가지 생선들을 종류별로 진열해 나갔다. 간고등어 한 손에 7천 원, 은갈치 세 마리에 만원, 참조기 한 바구니에 2만 원 등등 대 여섯 가지의 생선들을 진열하면 영업개시 시간이다. 종이 박스 조각에 삐뚤삐뚤 어설프게 쓴 7천 원, 만원, 2만 원 등의 글씨체가 순례의 학력을 대변해주고 있다.

조금 수줍은 웃음을 띤 순례는 가게 입구 주변의 쓰레기들을 줍는다. 손님맞이 청소인 셈이다. 순례를 따라 순례길에 오르듯 여기저기서 문 여는 가게들이 줄을 잇는다.

바로 옆집은 국밥집인데 순례 또래인 과부가 장사를 한다. 순례는 잠시 허리를 펴고 쳐다보다가 나지막한 목소리로 말했다.

"영심이! 나오는가?"

"응! 순례 자넨 일찍 열었구만."

"독수공방 하다본께 눈이 저절로 떠진당께."

"피장파장인디, 천천히 나오덜 않고……."

"자네 빨리 보고 싶어서 왔재."

"그렁가? 국밥 한그릇 대접해야 쓰겄네."

"그랴. 난 간고등어 한 손으로 대신 할라네."

샛별이 사라지고 동녘 하늘이 검붉게 타오르자 대다수 시장 상인들은 손님맞이 준비를 마쳤고, 부지런한 손님들이 하나둘씩 골목길로 들어서기 시작했다.

2

행복시장이 한 가운데에 버티고 있는 희망시의 시장 선거가 코앞으로 다가왔다. 재선을 노리는 집권 여당 후보인 이기준의 여명은 어느 때보다도 분주하다. 그 보다는 맹수에게 쫓기는 듯한 심정인지도 모른다. 무소속 박성훈 후보와 오차 범위 내에서 치열한 경쟁을 벌이고 있기 때문이다.

행복시장의 상인들이 생계와의 전투를 벌여야만 한다면 희망시장을 꿈꾸는 후보들은 권력과의 처절한 승부를 펼쳐야 하기 때문이다.

희망시의 중심가에 있는 선거 사무실에서 조찬을 겸한 대책회의가 열렸다. 이기준 후보와 선거사무소장 설명왕과 사무원, 그리고 회계 책임자 박정직까지 모두 일곱 명이 모였다.

박빙의 승부가 전개 되어서인지 모두들 긴장된 얼굴 표정들이다. 그중에서도 이기준 후보의 얼굴이 더욱 심각하다. 하지만 드러내놓고 조바심을 표출해서는 안된다. 이를테면 표정 관리를 해야 한다.

잠에서 덜 깬듯한 부스스한 얼굴들을 바라보던 이기준 후보가 툭 한마디를 내뱉었다.

"이제 투표일까지 열흘 남았소."

"……."

"우리는 오직 한 가지 전략만 잘 수행하면 됩니다. 무소속의 박성훈 후보를 추월하면 된단 말입니다."

"……."

"사무소장은 각 구역별 당원 협의회 활동을 잘 확인하고 집계하기 바랍니다."

"예, 알겠습니다."

"그리고 방송 차량 상태도 점검하고 자원봉사자와 치어리더들의 활동 계획을 잘 살펴야 합니다."

"예."

"회계 책임자는 단 하나의 영수증도 빠뜨리지 말고 처리해야 합니다."

"그렇게 하겠습니다."

"조금 부풀리는 방법도 있으니 참고하세요."

"예."

"마지막으로 한마디만 더 하자면, 선거는 민주주의의 꽃이며 단무지라 하지 않소. 단순·무식·지속 말이요. 복잡하게 생각하지 말고 단무지 닮은 아름다운 장미꽃을 피워봅시다."

"예."

"자! 식기 전에 어서들 먹고 출동합시다."

"……."

대책 회의는 30분 만에 끝났고 고지를 탈환하려는 병사들처럼 전투 준비를 서두르기 시작했다.

3

새벽부터 모이기 시작한 손님들이 행복시장을 차근차근 점령해 나갔다. 그 중에서도 서민들의 애환이 담긴 비둘기호가 다녔던 철로 주변의 폐선 부지에 조성된 도깨비 시장이 가장 붐볐다.

주로 채소와 과일을 파는데 양쪽으로 기다랗게 늘어선 대열이 개선장군들을 환영하는 것처럼 보였다. 상인들은 길바닥에 물건 박스만 놓은 채 흥정하기 바빴다.

'1kg에 3천냥!', '1BOX에 5천냥!'등의 구호가 우렁차게 울려 퍼졌다. 저절로 눈길이 갔다. 그래서 때론 충동 구매를 하기도 했다. 그 좁다란 길을 카트 대열이 오가며 발걸음을 더디게 하지만 누구 하나 투덜대지 않는다. 때론 짐바리 자전거가 나타나 더욱 혼잡하게 만들기도 했다. 짜증이 날 만도 하건만 조용히 길을 비켜준다.

이제 본격적인 상거래가 시작되나보다. 배추와 호박, 고추와 오이가 노래를 부르고 사과와 배, 토마토와 귤이 춤을 춘다.

그렇게 2시간쯤 지났을까? '떨이 2천냥!'의 구호 섞인 목소리를 끝으로 오늘의 도깨비 시장이 막을 내렸다.

장을 보러 나온 손님들은 이제 생선과 육류, 떡 등을 파는 시장 안쪽으로 발길을 돌렸다. 미로 같은 골목에 연리지가 있는 풍경처럼 즐비하게 늘어선 가게마다 손님들이 웅성대며 흥정을 하고 있다.

아가씨인 듯한 젊은 여자가 '참조기 5천 원, 만원!'하며 리듬에 맞춰 소리치는데 마치 소프라노 가수가 노래하는 것만 같다.

돼지고기와 쇠고기를 파는 정육점은 30% 특별 세일이라는 현수막이 걸렸고, 김이 모락모락 피어오르는 떡 가게에선 인절미와 송편을 담은 네모난 작은 팩을 3천 냥에 팔고 있다.

국밥집들이 늘어선 골목엔 순대·내장·모듬 등 다양한 메뉴를 준비 해놓고 구수한 냄새를 풍기며 새벽 시장기를 달래려는 손님들을 유혹하기에 바쁘다.

순례는 새벽부터 비린내를 풍기며 손님맞이를 하고 있다. 그래서 간고등어와 은갈치와 참조기 등을 제법 많이 팔았다. 덩달아서 바로 옆 영심이네 국밥집 손님들도 세일 코너의 장사진처럼 계속 늘어가고 있다.

순례와 영심이는 바쁜 와중에도 살짝 눈길이 마주치면 알 듯 모를 듯한 미소를 지으며 무언의 대화를 나누곤 했다.

'오늘처럼 장사가 잘 되면 금세 부자 되겠다.'는 의미를 담고 있는 듯하다.

그렇게 하면서 오전 아홉시쯤 되자 장 보러 온 사람들이 썰물처럼 빠져 나갔다.

순례가 물건을 정리한 뒤 재진열까지 마치자 기다렸다는 듯이 영심이가 말을 건넸다.

"많이 팔았는가, 순례 씨!"

"그랴. 오늘처럼만 팔리면 세상 걱정없이 살겠구만."

"이제 아침 먹세. 나도 배 고프구만."

"그럴까? 후딱 감세."

순례는 간고등어 한 손을 들고 영심이네 국밥집으로 서서히 발걸음을 옮겨 놓았다.

행복시장의 새벽 풍경은 밝고 따사로운 햇살이 비칠 때까지 사람냄새를 풍기며 바삐 지나가고 있다.

4

일곱 시를 막 넘긴 아침 시간은 아직 쌀쌀하지만 선거 열기로 인해 후끈 달아오르고 있다.

이기준 후보는 방송 차량을 앞세워 신바람 난 표정으로 동구청 네거리로 향했다. 사무소장 설명왕과 치어리더들이 무표정한 얼굴로 그 뒤를 따르고 있다.

잠시 후 사거리 모퉁이에 자리 잡은 방송 차량 음악에 맞춰 치어리더들이 흔들어대기 시작했다. 네 가지 동작을 반복하는 율동은 출근하는 시민들의 눈길을 끌게 했다. 하지만 가끔씩 이맛살을 찌푸리는 행인들도 눈에 띄었다.

한 곡이 끝나면 이기준 후보와 치어리더들이 시민들을 향해 인사를 하는데 거의 90˚ 수준이다. 유흥업소의 웨이터나 조폭 집단의 행동대원들과 유사한 모양새다.

열 번의 인사가 끝나면 다음 곡 반주가 시작되는데 그 짧은 순간에도 이기준 후보가 명령하듯 소리친다.

"손을 가지런히 앞으로 모으고 정중하게 90˚로 인사하세요."

혹시 시장에 당선되면 4년 동안 그 마음 변치 않고 시민들을 떠받들지는 미지수이지만 말이다.

동구청 앞에서의 출근길 유세는 1시간 동안 계속되었다. 분위기가 무르익자 이기준 후보는 인도와 차도 끝자락에서 큰 절을 하기 시작했다. 시내버스와 승용차와 화물트럭은 시장 후보의 큰 절을 받고 당황해서 하마터면 사고를 낼 뻔하기도 했다.

행인들 또한 어리둥절한 표정이고 때론 혀를 끌끌 차기도 했다.

출근길 유세를 마친 선거 캠프는 치어리더들만 남겨둔 채 방송 차량을 끌고 거리 유세를 시작했다. 차량에 설치된 대형 스크린에서는 이기준 후보의 영상이 하나 둘씩 비춰지고 공약 사항이 적힌 자막이 흘러가고 있다.

이기준 후보는 마이크를 잡고 큰 소리로 공약을 읊조리기 시작했다.

"존경하는 희망 시민 여러분! 저 이기준을 다시 한 번 뽑아주시면 시민 여러분들을 위해 멸사봉공의 정신으로 받들어 뫼시며 일하겠습니다. 비록 시냇물이 없어도 다리를 놓을 것이며 기찻길이 없어도 기차 역사를 짓겠습니다. 또한 인구를 늘려나가기 위해 결혼 수당 2천만 원과 출산 수당 1천만 원을 드리겠습니다. 그래서 현재 120만 명인 우리 희망시 인구를 10년 후엔 150만 명에 육박하도록 할 것이며 일자리 30만개를 창출하여 지역 경제 활성화에 이바지 하겠습니다."

이기준 후보의 절규에 가까운 목소리에 일부 시민들은 조금은 동정을 느끼는 듯하고, 다른 시민들은 공약 아닌 꽁약 이라며 비아냥거리는 듯하기도 했다.

아무튼 이기준 후보가 공약 방송을 반복하면서 지나가는데 반대편 차로에서 라이벌인 무소속의 박성훈 후보가 나타났다. 두 사람은 스쳐 지나가면서도 흘깃 쳐다보며 외나무다리에서 만난 원수처럼 여겼다.

서로 '너만 아니면 시장 자리는 떼 논 당상인데……' 라는 속내를 은연중에 표출하고 있는 듯했다.

그렇게 동구를 돌면서 유세를 하던 이기준 후보가 북구에 들어서자 이 도시의 최대 재래시장인 행복시장이 나타났다.

오늘은 큰 장날이어서인지 제법 손님들이 많다. 베시시 미소짓던 이기준 후보는 목소리를 가다듬고 바리톤 음성으로 소리쳤다.

"존경하는 희망 시민 여러분! 그리고 행복시장 상인과 손님 여러분! 오늘 우리는 희망시에서 행복을 만끽하고 있습니다. 제가 다시 시장에 당선되면 희망 10배 행복 100배로 부풀려 드리겠습니다. 그리고 시민 여러분들의 주머니를 두 배 이상으로 두툼하게 채워드리겠습니다. 저 이기준을 믿고 뽑아주시면 확실한 기준을 정해 끝까지 밀고 나가겠습니다. 꼭 부탁드립니다."

10분간 방송 차량 위에서 떠들던 이기준 후보는 차에서 내려 시장 골목으로 들어섰다. 그리고 상인들과 손님들의 손을 아무 허락 없이 닥치는 대로 잡으면서 희망에 찬 전진을 거듭해 나갔다.

5

이기준 후보가 행복시장 구석구석을 돌며 무수한 악수 세례를 퍼붓는다. 김이 모락모락 피어오르는 떡 방앗간 집의 구수한 냄새를 맡으면서 한 팩에 3천 냥 하는 떡 다섯 팩을 샀다. 돈을 건넬 때 야릇한 미소를 지으며 한 표 부탁한다는 메시지도 함께 전했다.

과일 가게에선 귤 한 상자와 딸기를 사고 반찬 가게에선 시뻘건 배추김치와 좋아하는 갓김치를 샀다.

수산물과 건어물 가게에 다다르자 굴비와 조기가 함께 노닐고 있다. 또한 방어인지 짝퉁인 부시린지가 발가벗은 채로 누워 자꾸만 유혹한다. 가게 입구 쪽에 커다란 플래카드가 걸려있다.

'보리 숭어가 가면 하모가 오고 가을 전어가 가면 또 숭어가 오면 되지'라고 말이다. 계절별로 맛 자랑하는 표어인 것 같다.

그 틈새에서 꼬부랑 할머니가 마른 생선을 몇 마리 산 후 "내가 돈 주었어?" 하면서 되묻는다. 주인은 재빨리 "예. 아까 주었어요."하고 대답한다. 아마도 치매 초기 증상인가보다.

여기까지 둘러본 이기준 후보는 슬그머니 마음속으로 표 계산을 해본다.

'스무 표는 거의 굳었겠지?'

시장 골목 저 건너편으로 나오니 도로변 좌판엔 주로 할머니들이 작은 의자에 의지한 채 채소류를 팔고 있다. 나름대로의 좌판을 펼쳐놓고 또 다른 손놀림을 하기에 여념이 없다.

파를 다듬거나 마늘을 까는가 하면 고구마순 껍질을 벗기거나 시금치를 다듬고 있다. 어떤 할머니는 팥 갯수를 일일이 헤아리고 있는데 정직함의 상징처럼 느껴지기도 했다.

점심시간이 다가오자 한 그릇 2천 냥의 팥죽집이 문전성시를 이루고 있다. 곱빼기는 3천 냥 받는데 양이 엄청나서 조금 남기기 일쑤다. 5천 냥짜리 백반 뷔페 집에도 제법 사람들이 많다.

이기준 후보는 상갓집 개처럼 이 골목 저 골목을 제집 드나들듯하며 악수를 청했다. 지문이 닳고 닳아 사라지지 않을까 걱정될 정도다. 하지만 아랑곳 하지 않고 베시시 웃으며 무언의 재선을 스스로 약속하는 것처럼 보였다.

좌판대의 어떤 할머니는 건물 쪽으로 돌아 앉아 김치 가닥에 꽁보리밥을 쑤셔넣고 있다. 그 할머니의 딸인지 손녀인지는 잘 모르지만 따스한 물잔을 들고 살포시 그 옆에 앉는다.

보리밥과 깍두기로 대충 점심 식사를 마친 또 다른 할머니는 오수에 겨워 두 눈을 지그시 감고 있다. 눈가엔 수백 가닥의 주름들이 바다를 연모하며 뻗은 산맥 줄기처럼 키재기를 해댄다.

이승과 저승의 경계선을 넘나들 듯 꾸벅 꾸벅 졸던 할머니는 40년 전에 먼저 떠난 짝꿍을 만났는지 메마른 입가에 어렴풋한 미소를 머금었다. 그리고 꿈속의 대화를 시작했다.

"여보! 잘 계시우?"

"암, 잘 있고말고…… 임잔?"

"5남매 모두 시집 장가보냈으니 한숨 쉴만 하우."

"그동안 청상과부로 고생이 많았구랴."

"인자 여한이 없슨께 나도 당신 곁으로 데려갈라우?"

"구중궁궐 같은 저택을 지어놓고 부를텐께 쬐끔만 더 기다리시요~ 잉."

"꼭 데리러 와야 한당께라."

"알았슨께 걱정 말드라고……."

여기까지의 다정스런 대화는 큰 딸 또래의 젊은 아줌마가 종지부를 찍고 말았다.

"할머니! 배추 한 포기에 얼마예요?"

"으음! 삼천 냥인디, 싱싱혀."

"세 포기만 싸 주세요."

"알았구만. 천냥 빼줄게."

잠시 꿈속을 헤매던 할머니는 조금은 미안했는지 선심 쓰듯 깎아준다. 이미 장사의 달인 냄새를 풍기면서 말이다.

시장 상인들의 점심시간이 끝나갈 무렵, 이기준 후보 역시 시장이 되기 위한 시장 유세를 마치고 방송 차량에 올랐다.

시장은 또다시 시장을 하기 위해 시장을 돌며 시장기를 느끼도록 돌아다니고, 시장 상인들은 밥벌이를 위해 새벽부터 쭈그리고 앉아 시장기를 달래며 물건 팔기에 분주하기만 했다. 시장 후보가 나타나 악수를 청해도 그저 한 명의 손님일 뿐 무심한 표정으로 말이다.

손님을 위한 시장과 시민을 위한 시장이 혼탁한 양상으로 치달으면서 시장의 하루는 그렇게 지나가고 있다.

6

일당 10만 원을 받고 선거 기간 동안만 일하는 치어리더들의 하루는 바쁘기 그지없다. 오전엔 출근을 포함한 거리 율동 유세를 하고 점심시간엔 각자 싸온 도시락을 먹거나 사 먹은 뒤 오후 한 시부턴 약속된 구역을 돌아다니면서 홍보전을 전개한다.

특별한 구호나 율동없이 이기준 후보의 성명이 적힌 띠를 두른 채 돌아다니다가 행인을 만나면 가벼운 인사와 함께 명함을 건네면 되는 것이다.

그러다가 오후 여섯시 무렵이 되면 지정된 장소에 모두 집합한다. 퇴근길 유세를 하기 위해서다.

이기준 후보를 비롯한 선거 캠프 역시 점심을 먹고 방송 차량을 앞세워 후반전 거리 유세를 시작했다. 그리고는 마침내 퇴근길 합동 유세에 합류했다.

남아있는 열흘 동안의 선거운동이 4년 동안의 권좌를 지켜줄 것인가, 아니면 쓰라린 패배를 맛본 뒤 야인으로 돌아갈 것인가의 중요한 분기점이 아닐 수 없다.

이기준 후보는 팔과 다리가 점점 쑤셔오고 목이 따끔 따끔 아파오며 정신적인 고통이 밀려오지만 오직 '당선'이라는 두 글자의 희망을 간직한 채 버텨나가고 있다.

서쪽 하늘에 서서히 검붉은 노을이 물들자 가로등이 하나 둘씩 켜지기 시작했다. 이 때를 기다렸다는 듯이 방송 차량에선 쿵쾅거리는 음악이 흘러나오고 치어리더들은 조금은 지쳐 보이는 율동을 이어나갔다.

무대 중앙에 서 있는 이기준 후보는 굽신거리는 듯한 인사와 함께 손을 흔들며 애써 미소 짓는다.

'오늘의 고난과 진통이 내일의 희망과 행복을 가져다준다. 아니, 4년 동안 120만 시민의 우두머리가 되어 지휘하게 된다. 그 다음엔 서서히 대권 행보를 이어나가면 되리라.'

이기준 후보는 희망찬 미소를 머금으며 퇴근길 유세를 시작했다. 얼마나 지났을까? 퇴근 차량들이 거의 사라지고 거리가 조금은 한산해지자 오늘의 유세가 막을 내렸다.

일당 10만 원을 손에 쥔 치어리더들은 상념에 젖은 채 각자의 집으로 발걸음을 옮겨갔다. 방송 차량 역시 내일을 위한 휴식차 차고지를 향해 떠나고 선거 캠프만이 사무실에 모여 마무리 회동을 시작했다.

다리를 약간 후들거리던 이기준 후보가 밝은 표정으로 말했다.

"오늘 하루도 모두들 수고가 많았소. 당원 협의회에서는 어떻게 하고 있소?"

사무소장인 설명왕이 설명하듯 대답했다.

"여성, 청년, 직능, 노동, 장애인 등 각 분야별 정책 위원회가 각 동별 운영위원회를 통해 적극적으로 홍보하고 있습니다."

입가에 엷은 미소를 짓던 이기준 후보가 대꾸했다.

"이제 아흐레 남았으니 더욱 박차를 기해야 합니다. 그리고 오늘 선거 비용은 어느 정도 들었나요?"

사무소장 옆에 앉아있던 회계 책임자인 박정직이 대답했다.

"대략 칠백만 원 정도 되는 것 같습니다. 모두 영수증 처리 했습니다."

그러자 이기준 후보가 확인하듯 재차 말했다.

"카드 결제는 어쩔 수 없지만, 현금이나 간이 세금 계산서는 조금 부풀려야 합니다. 그리고 15%이상 득표하면 선거 비용을 전액 환불 받고 10~15% 득표시 50%만 환불 받습니다. 그러니 꼭 15% 이상 득표가 되도록 더욱 매진해야 합니다."

사무소장과 회계 책임자를 비롯한 모든 참석자들이 한마음 한 뜻이 된 것처럼 "예"하고 대답했다. 이에 이기준 후보는 한마디 덧붙였다.

"30% 이상 득표하면 당선권이고 40% 이상이면 안정권입니다. 과반수면 말할 것도 없지요. 여기 계신 분들 모두 헌신 한만큼 꼭 보답이 있을테니 내일도 열심히 뛰어 봅시다."

선거 사무실 분위기는 용광로처럼 점점 뜨거워졌고 육체적으로는 힘든 하루였지만 정신적으로는 매우 사기가 충만한 채 마무리되고 있는 것처럼 보였다.

7

큰 장날인 행복시장의 오후는 다소 여유로워 보였다. 주로 서민들이 며칠 동안 이 날을 기다렸다가 장을 보기 때문에 오전엔 다소 바빴다.

그러나 이젠 정육점 주인도 손놀림이 뜸하고 떡 방앗간 사장님도 편한 자세로 등받이 의자에 몸을 기댄 채 휴식을 취하고 있는 듯하다.

순례와 영심이는 늦은 점심을 먹은 뒤 잠시 다정스런 대화를 나눴다.

"순례 씨! 큰 애가 몇 학년이야?"

"이제 고2야. 내년이면 졸업이지."

"대학교 가야지."

"계집앤데 대학은 무슨…… 적당한데 취직 해야지."

"그래? 나도 그렇게 할까?"

"몇 학년인데?"

"고1 아들이야."

"그래도 공부 잘하면 대학 보내야지."

"그래야 되나?"

"자네 기둥인데 그래야지."

"알았네. 좀 더 생각해보고…… 커피 식겠네."

"그랴. 그만 노닥거리고 얼른 갈라네."

"천천히 가도 돼. 바로 옆인데……."

순례는 영심이네 국밥집을 나섰다. 그리고 잠시 지난날을 회상해본다. 20여 년 전, 웨딩마치를 울린 때부터의 일들을 말이다.

중소기업체에 근무하던 신랑을 만난 건 우연이었다. 물건을 산 뒤 그 남자가 흘린 지갑을 순례가 돌려주었고 그 인연으로 밥을 얻어먹으면서 사귀게 되었다.

그리고 3년 동안의 열애 끝에 결혼식을 올렸으며 제주도행 신혼여행을 서둘렀다. 하루에도 깨가 서 말씩 쏟아지는 신혼을 거쳐 강산이 한번 변할 즈음엔 3남매가 태어났고 모두 다섯 식구가 되었다.

그러던 어느 날, 청천벽력 같은 비보를 접해야만 했다. 퇴근하던 신랑이 교통사고를 당해 비명횡사 한 것이다.

불행은 저마다의 모습으로 찾아오는 것인가! 어린 세 남매만 남겨 놓은 채 무심하게 떠나버린 신랑이 야속하고 원망스러웠다.

시커먼 터널 속으로 빨려 들어가 앞날이 캄캄하기도 했다. 그리움은 뒷전이고 오열과 한탄의 세월을 보냈다.

그렇게 6개월을 보내고 나니 힘들고 지친 것은 순례뿐만이 아니었다. 다람쥐 같은 세 남매가 허둥대며 몸부림치는 것이 보이기 시작했다.

그 순간, 순례는 정신이 번쩍 들었다. 그리고 무슨 일이든 해야만 했다. 시장에서 점원 생활을 시작으로 돈을 벌었고 2년 후에 전 재산을 몽땅 끌어모아 생선가게를 차렸다.

그로부터 10년이 지났고 이젠 조금은 안정적인 생활로 접어들었다. 하지만 독수공방의 나날들이 스스로를 괴롭혔다. 주위에선 재혼을 권유했으나 모두 뿌리쳤다. 세 남매를 결혼시키는 일이 급선무였다.

재혼은 우선순위에서 저만치 물러나 있었다.

'난 이 생선 가게와 재혼한 거야.'

순례는 그런 생각으로 하루하루를 보내고 있다.

오늘도 행복시장에 황혼이 찾아왔다. 매일같이 찾아오는 그 황혼이 켜켜이 쌓이다보면 내 인생의 황혼도 찾아오겠지?

그래도 난 세 아이들이 있어서 행복하고 뒷바라지 할 수 있어서 그 또한 행복하다.

희망시장은 120만 시민의 수장으로서 희망찬 나날을 보내고 있을지 모르지만, 난 세 아이들을 키워주는 행복시장이 있어서 행복하다.

행복은 돈과 명예가 전부는 아닐 것이다. 내 마음속에 깃든 만족의 깊이만큼이 아닐까?

순례는 10년 넘게 행복시장을 매일같이 순례길처럼 왕복했다. 그러면서 오늘도 행복 지수를 끌어올리며 희망차고 행복하게 살아가려 노력하고 있다.

부부 미화원

새벽은 동쪽으로부터 오지 않고 밥벌이로부터 오는 것인가! 알람이 울리지 않아도 네시가 되면 혜숙의 눈은 이미 천장을 응시한다.

꽃무늬가 그려진 천장 벽지엔 군데군데의 누런 오줌 자국이 서로 엇박자를 내며 눈엣가시처럼 함께 노닐고 있다. 혜숙은 꽃무늬와 오줌 사이를 오가며 오늘 하루 일과를 머릿속으로 그려본다.

'오늘은 봉급날이고 내일은 민지 생일이구나.'

몸뻬를 주섬주섬 걸친 혜숙은 살그머니 문을 열고 주방 문을 열었다. 단층 기와집의 주방은 작고 초라하기까지 하다. 보일러실로 향하는 쪽문이 나 있고 바로 안쪽엔 가스레인지 두 개가 나란히 돋아나 있다. 기름보일러인지라 석유 냄새가 다소 배어나오지만 오래 전부터 익숙해진 터라 별로 신경쓰지 않는다.

주방 불을 켠 혜숙은 네모난 플라스틱 통에 담긴 쌀을 밥그릇으로 두 번 퍼내서 대충 씻어낸다. 서너 번 씻는 동안 쌀 10여 알들이 씽크대 바닥을 경유하여 작은 음식물 통 속으로 빨려 들어갔다. 눈대중으로 적당한 물을 붓고 전기밥솥 버튼을 누른 후 된장국을 끓이려 한다. 구수한 된장 두어 숟갈에 두부와 애호박을 썰어 넣는다. 얼핏 벽시계를 바라보던 혜숙은 안방 침대로 향했다. 이제 남편인 중기를 깨워야 한다. 새벽 다섯 시까지 출근해야 하기 때문이다.

3년 전까진 제법 큰 아파트에서 편리한 생활을 하면서 살았었다. 남편 사업이 부도나기 전까지 말이다. 구구절절한 사연들을 읊조리거나 생각한들 무슨 소용이랴. 문제는 현실이다. 오늘 하루를 열심히 살다보면 언젠가는 밝은 내일이 찾아오지 않겠는가!

사업이 부도 난 후 중기는 환경미화원 모집에 응시했었다. 서류 심사와 체력측정, 인성 검사와 면접 등 4단계 과정을 모두 통과해야만 합격한다. 그중에서도 체력측정이 핵심 포인트다. 20~30kg의 마대자루를 들고 50m 달리기, 윗몸 일으키기, 40kg 짜리 물건을 들고 오래 버티기 등의 측정 비중이 당락을 좌우한다. 중기는 체력을 향상시키기 위해 3개월 동안 부지런히 체력 훈련을 해서 치열한 경쟁을 뚫고 당당하게 합격했다. 그래서 준 공무원 신분으로 일한지 2년째다.

아내가 차려준 간단한 새벽 식사를 마친 중기는 시커먼 철제 대문을 열고 쌀쌀한 공기를 피부로 느끼며 출근한다.

골목길 가로등은 밤새 열을 발산 하면서 행인들을 지키느라 지쳤는지 여명에게 자리를 조금씩 양보하며 힘겨워 하고 있다.

중기는 헛기침을 서너 번 하면서 골목길을 빠져나가 차도에 들어섰다. 행인들은 보이질 않고 띄엄띄엄 자동차들만이 신바람 난 듯 달리고 있다. 중기는 발걸음을 재촉하면서 일터로 향했다.

날마다 반복되는 상념이지만 마누라와 딸 민지가 발걸음 속으로 스며든다. 마누라는 아파트 미화원으로 일하고 있다. 초딩 6학년인 민지는 이미 사춘기가 시작 되었는지 모든 일에 민감해 하는 시기다.

내년이면 중딩이 되니 학업과 친구와 이성에 관심이 많은 때이기도 하다. 그것보다는 결혼할 때까지 뒷바라지 하려면 만만치 않은 비용이 필요하리라.

중기는 점점 어깨가 무거워지는 느낌을 받는다. '허리띠를 더욱 조여 매야 한다.' 중기의 상념이 발걸음과 보조를 맞추며 한참을 걷자 오늘의 일터가 반갑게 맞이하는 것만 같다.

혜숙은 남편이 출근한 뒤 설거지와 집안일을 정리한 다음에 등교하는 딸 민지와 함께 대문을 나섰다. 잠시 후 아쉬운 작별을 한 모녀는 서로 다른 길로 접어들었다. 마음속으로 뭔가 새로운 결심을 다진 혜숙이가 시내버스 정류장에 다다르면 28번 버스가 3분 이내에 도착한다. 처음엔 10분 이상 기다리기도 했으나 버스 도착 시간을 세밀하게 관찰하여 한 달 후부턴 나름대로의 시간표를 머릿속에 입력한 덕분이다.

OO 아파트까진 30분 정도 걸렸다. 시내버스 안에서 바라본 거리의 표정은 활기차고 행인들 또한 저마다의 갈 길로 바삐 움직이고 있다.

잠시 후 버스에서 내린 혜숙은 네모난 출입 카드로 문을 연 후 단지 안으로 들어섰다. 35층 높이의 고층 아파트 10여동이 서로 키재기를 하며 서 있다. 그 사이를 겨우 빠져나간 혜숙은 지하 1층의 관리 사무실로 향했다. 지문 인식 출근표에 등록하기 위함이다. 이를테면 출석부에 도장을 찍는 셈이다. 그런 다음에 미화원 전용 라커룸으로 들어가는데 이미 절반쯤의 동료들이 와 있다. 서로 반가운 인사를 하면서 작업복으로 갈아입었다.

OO 아파트 미화 일은 오전 9시부터 오후 4시까지다. 단지 내에 사는 사람들이 대부분 출근 후 다소 한가한 시간에 시작해서 퇴근하기 전에 일을 마친다. 이곳뿐만 아니라 아마도 전국적인 현상이리라.

출동 준비가 완료되면 각자의 일터로 향한다. 1개 동을 한 사람이 책임지고 관리한다. 로비와 엘리베이터, 복도와 계단, 창틀까지 쓸고 닦는 일을 말이다.

혜숙은 청소 도구가 있는 5동 지하 2층 창고로 내려가 이것저것 청소용품들을 챙겼다. 작은 카트 안에 밀걸레 3개와 손걸레, 퐁퐁과 향락스, 빗자루와 쓰레받기까지 챙겨서 현장으로 이동한다. 마치 전쟁터에서 고지를 탈환 하려는 여전사를 방불케 했다.

출발 총성과 함께 주차장을 경유하여 잠시 지나면 지하 2층 출입구가 나타나는데 얼른 출입 카드로 문을 연 다음에 로비와 엘리베이터 안을 쓸고 닦는다. 지하 1층도 마찬가지다.

그리고 1층 로비로 올라가면 일거리가 많아진다. 양쪽 출입구와 주변 청소까지 해야 하기 때문이다. 또한 여러 사람들을 만나기도 한다.

단지 내 어린이 집에 등교시키는 세 살배기 쌍둥이 남매를 둔 엄마, 병원 진료차 집을 나서는 할머니와 할아버지, 인근 재래시장에 장 보러 가는 아주머니, 조깅하러 나오는 할머니와 아주머니 등 다양한 사람들을 만난다.

특히, 매일 그 시간이면 어느 요양보호사 아주머니가 어머니뻘 되는 할머니 손을 잡고 도보 여행 하듯 단지 내를 활보한다. 매일 반복하는 일과인 셈인데 흰머리가 태반인 할머니는 행여 손을 놓칠세라 꼭 잡고 끌려가듯 따라가는 모습이 모녀지간인지 고부지간인지 헷갈릴 정도다.

처음엔 혜숙도 둘 중 하나 사이인줄 알았다.

"안녕하세요? 모녀지간에 다정스럽게도 다니네요."

"아니에요. 저는 요양보호산데요."

"그래요? 제가 실수했네요."

"괜찮아요. 그렇게 봐 주셔서 고마워요."

"날마다 그렇게 운동 시켜 드리세요?"

"예. 6개월 정도 됐어요."

"그래요? 아무튼 보기 좋네요."

혜숙은 다정스럽게 인사하며 이미 고인이 되신 친정어머니와 시어머니를 떠올렸다. '살아계실 때 좀 더 잘해 드릴걸!' 하는 안타까운 마음을 간직한 채 말이다.

그러는 사이에 커다란 집게 차량이 단지 내로 들어오더니 이미 분류 작업을 마친 파지와 공병, 잡병, 쇳덩어리 등을 집어 든다.

이곳 재활용장에서 근무하는 미화원들은 2인 1조로 하루씩 교대 근무를 한다. 새벽에 출근해서 여러 가지 분류 작업을 마친

70세 전후의 미화원 두 사람은 다소 힘겨워 하면서도 집게차가 원만하게 일처리를 할 수 있도록 옆에서 돕는다.

1층 로비와 출입구까지 청소를 마친 혜숙은 도구들을 챙겨서 엘리베이터를 탄 뒤 꼭대기 층을 향해 수직으로 상승했다. 중간쯤 올라가다보면 혹시 고장이 나서 추락하지나 않을까 하는 조바심이 나지만 애써 태연한 척했다. 1분쯤의 고공 행진 후 도착 소리와 함께 문이 활짝 열리는데 재빠르게 내렸다.

100m가 넘는 35층 높이에서 바라본 풍경은 한 폭의 그림처럼 느껴졌다. 저 멀리에 1,000m가 넘는 OO산이 보이고 크고 작은 빌딩과 아파트 숲들이 조화롭게 서 있다. 하지만 유리창 밖으로 고개를 내밀면 오금이 저려오는 절벽이다.

처음엔 창밖을 내려다보는 것 자체를 두려워했었는데, 이젠 단지 내의 분수대와 놀이 및 체육시설을 내려다보아도 무덤덤한 수준에 와 있다.

100m 높이에서 잠시 공포와의 신경전을 벌이던 혜숙은 빗자루와 쓰레받기를 들고 복도와 입구를 쓸기 시작했다. 그런 다음에 여러 가지 세제가 함유된 촉촉한 밀걸레로 싹싹 닦는다. 그러면서 스스로 다짐하듯 중얼거렸다.

'내일은 우리 딸 생일이니 퇴근 때 쇠고기를 사가야 되겠다.'

더군다나 오늘은 비록 적지만 값진 봉급날이니 조금은 뿌듯하기도 하다.

겨드랑이와 이마의 땀샘이 조금씩 축축해지는걸 느낀 혜숙은 이미 중천에 떠오른 해님과 키재기를 하며 빠른 손놀림으로 오전 일과를 진행해 나갔다.

중기의 일터는 동구 지역이다. 새벽의 차디찬 기운을 등에 업고 근무지에 도착하자마자 곧바로 주황색 유니폼을 입었다. 그리고 선거에 입후보한 출마자처럼 흰색 띠를 두른 뒤 가슴 높이의 빗자루를 들었다.

동쪽 하늘엔 아직 샛별이 반짝이며 길 안내를 하고 있다. 중기는 오늘의 담당 구역으로 이동한 뒤 커다란 붓으로 자화상을 그리듯 거리를 쓸기 시작했다. 빗자루는 일정한 방향과 속도로 전진을 거듭했다. 그러다가 길 건너편으로 이동하면 반대 방향으로 또 다시 나아갔다.

빗자루의 향연은 자신과 가족과 이웃과 사회를 아우르며 복잡 미묘한 철학을 낳는다. 그러면서 '주황 유니폼의 칸트'로 변해갔다.

칸트는 독일 출신의 철학자다. 아버지는 마구馬具를 만드는 장인이었고 어머니는 독실한 기독교인이었다. 13살 때 어머니를 여인 칸트는 대학 졸업 후 7년 동안 가정교사 생활을 했고 31살 때 철학 박사 학위를 받았다. 하지만 14년 동안 시간 강사로 일했고 46살이 되어서야 비로소 정식으로 교수가 되었다.

그로부터 10여년 후인 57살 때 『순수 이성 비판』(1781)을, 7년 후엔 『실천 이성 비판』, 또 다시 2년 후엔 『판단력 비판』을 발표하여 칸트의 3대 비판 철학서가 완결 되었다.

그래서 칸트는 기존의 합리론과 경험론을 비판하고 나름대로의 논리를 전개하여 근대 철학을 집대성한 시조가 되었다.

중기가 2년 가까이 커다란 빗자루로 거리를 쓸면서 느낀 생각과 소회가 칸트와 비교되는 것일까?

그 거장과 비교 하는 것 자체가 어불성설일지도 모른다. 하지만 비교하고 싶다. 그대들은 새벽안개 가르며 자동차 틈바구니 속에서 목숨을 담보한 채 빗자루질을 해본 적이 있는가, 얼마만큼 해 보았는가, 쓸면서 무엇을 생각하고 느꼈는가, 내 식구들을 위한 밥벌이와의 전쟁인가 이웃과 사회를 위한 봉사인가, 이 한 목숨 초개와 같이 버릴 준비는 되어 있는가.

중기가 커다란 빗자루를 들고 여명을 벗 삼아 아스팔트 위에 붓칠을 하듯 전진해 나갈 때쯤 탱크처럼 커다란 청소 차량을 만나곤 했다.

안경을 낀 운전자는 주로 이면도로를 따라 성지를 순례하듯 서서히 움직였다. 차량 뒤켠 발판에는 건장한 두 사람이 손잡이를 붙잡고 서있는데 마치 열병과 사열을 받는 지휘관처럼 여유로워 보였다.

그러다가 집집마다에서 내놓은 쓰레기와 재활용품을 발견하면 전선의 초병처럼 신속하게 움직였다.

일반 쓰레기는 관급 규격 봉투에 담긴 채로 차량 안으로 옮겨져 회전목마를 타듯 빙빙 돌면서 잘게 분해되었다. 재활용품은 차량 위쪽에 차곡차곡 쌓였다.

그 청소 차량이 텅텅 소리를 내며 첨병처럼 앞에서 훑고 지나가면 잠시 후 음식물 쓰레기 수거 차량이 나타났다. 일정한 구역별로 나뉜 담당자는 제법 큰 통이 달린 카트를 끌고 이 골목 저 골목을 술래잡기 하듯 음식물을 찾아 나섰다. 비린내와 고린내가 합성된 복합적인 냄새와의 전쟁을 벌이면서 말이다.

그래도 신속 정확한 동작이 계속되었다. 하지만 관급 스티커가 붙어있지 않은 음식물 통은 비우지 않고 지나쳤다. 그 스티커는 처리 비용이자 그들의 봉급이기도 해서일까?

중기는 거리의 칸트가 되기도 하고 전선의 초병이 되기도 했다.

일정 기간을 정해놓고 번갈아가며 순차적인 일을 하기 때문이다. 그렇게 오전 근무가 마무리 되려 한다.

허리를 쭈욱 편 중기는 드넓은 창공을 바라보았다. 큰 구름이 몽실 몽실 모여 있는 하늘 오른편엔 지금쯤 아파트 계단을 오르내리며 불꽃 튀는 전쟁을 벌이고 있을 아내의 손길이 자리 잡고 있다. 그리고 뭉게구름이 피어나는 하늘 왼편엔 학교 급식소에서 점심을 먹고 있을 딸 민지가 살포시 미소 지었다.

중기는 뭔가 알 듯 모를 듯한 미소를 머금은 채 오전 일과를 마무리 짓는다. 진흙탕을 헤매어도 저승보다 이승이 더 낫다고 생각하는지도 모른다. 아니면 악취와의 실랑이를 벌이며 육체적으로는 힘들지만 그래도 일자리가 있어서 마음 편한 행복을 느끼고 있는지도 모른다.

오전 일과를 마친 혜숙은 다시 라커룸으로 돌아왔다. 정오 무렵이 되면 혜숙이를 포함한 열한명의 미화원들이 옹기종기 모여 점심을 먹는다. 각자 집에서 싸온 도시락을 교자상 위에 올려놓고 말이다.

점심點心은 마음속에 점 하나 찍는 것인가? 모두들 너덧 숟갈 정도의 밥과 김치류 반찬 서너 가지의 볼품없는 도시락이다. 쌀과 반찬을 아끼기 위함인가, 아니면 다이어트를 위한 소식 행보인가.

오순도순 정담을 나누며 20분 정도의 식사 시간이 끝나면 간단히 양치질을 한 다음, 모두들 방바닥에 드러눕는다. 30분 동안의 휴식을 위해서다.

무념무상의 아주머니는 저승사자와 더욱 친해지려고 꿈나라 여행을 즐기려 한다. 복잡 미묘한 가정사를 걱정하는 아주머닌 멀뚱멀뚱 천장만 응시하고 있다. 행복이 모든 사람들에게 각자의 모습으로 다가오듯이 불행 또한 저마다의 방식으로 찾아오는 것일까?

오후 한 시부터 일과의 전쟁이 다시 시작되는 후반전이다. 태양은 바로 머리 위에서 초속 30만 km로 직사광선을 내리쏘고 있다. 그 태양 속을 뚫고 재활용품과 음식물, 폐지와 일반 쓰레기 등을 분류하며 작업을 하고 있는 아저씨들 두 명이 조금은 측은하게 느껴졌다. 누가 누구를 걱정하는지 분간하기 힘들 정도다.

혜숙은 층과 계단을 부지런히 쓸고 닦고 기름칠 하듯 청소를 해나갔다. 매일 반복되는 틀에 박힌 일상이다. 책상에 앉아 골머리 앓아 가면서 벌이는 볼펜과의 싸움대신 빗자루와 걸레를 손에 쥔 단순한 싸움이다. 정신적인 노동이 아니라 육체적인 노동과의 전쟁이다.

노동의 역사는 인류의 역사만큼이나 길다. 그러하니 노동을 달갑게 받아들여야 한다. 하지만 반갑지는 않다. 단지 삶을 위한 방편이니 거부하지 않을 뿐이다.

드디어 오늘의 일과 시간이 막을 내렸다. 오후 네 시를 가리키면 다시 옷을 갈아입고 퇴근부에 도장을 찍은 뒤 OO아파트를 빠져 나갔다.

오늘 하루도 무사히 마침표를 찍은 혜숙은 한편으론 기쁜 마음을 간직한 채 경쾌한 발걸음을 내딛었다.

천 오백세대 정도인 이 아파트엔 여섯 군데의 재활용 분류 센터가 있다. 그 중 4번 체인점에서 열심히 일하고 있는 아저씨 두 명이 눈에 띄었다. 혜숙은 가벼운 인사와 함께 수고하시라는 말을 남긴 채 버스 정류장으로 향했다.

잠시 후 빈자리가 듬성듬성한 시내버스 의자에 앉아 지그시 눈을 감은 혜숙은 집안일에 대한 여러 가지 생각들을 해본다. 그러다가 내일이 민지 생일이라는 사실을 상기한 채 버스에서 내린다.

그리고 동네 정육점에서 쇠고기와 삼겹살을 산 뒤 집으로 향하는 이면도로로 접어들다가 딸 민지를 만났다.

"민지야!"

"어머, 엄마!"

"학교에서 오는 길이니?"

"으응!"

"빨리 가자."

엄마 손을 잡은 민지는 흥겹게 깡충거리며 행복한 미소를 짓는다. 잠시 후 철제 대문을 열고 집 안으로 들어선 혜숙은 또 다른 일과의 전쟁을 시작했다. 전·후반전 승부로도 부족해서 연장전에 돌입한 것인가.

혜숙은 하루가 24시간이 아니라 30시간쯤 되었으면 좋겠다는 생각을 자주한다. 삶이 자신을 여유롭게 내버려두지 않기 때문인지도 모른다.

어느 조직 사회든지 정오가 되면 점심시간이다. 중기는 동료 미화원 두 명과 함께 일터 부근의 작은 식당으로 발길을 옮겼다. 이들이 먹는 점심 메뉴는 백반과 국밥과 짜장면과 설렁탕 등이다. 이 몇 가지 종류의 음식들이 매일 매일 번갈아가며 등장했다.

오늘은 설렁탕을 먹자고 입을 모았다. 선조들이 농사짓기 전에 선농단이란 제단에서 풍년기원제를 지냈는데 이때 소의 머리나 내장 따위를 푹 삶아 만든 국에 밥을 말아 먹는데서 유래했다는 설렁탕이다.

설렁탕 한 숟갈에 깍두기 하나 곁들여 씹으면 고소하기 그지없다. 오전에 위험을 무릅쓰고 열심히 빗자루질을 해서인지도 모른다.

마파람에 게눈감추듯 설렁탕 한 그릇을 뚝딱 비우자 30분 정도의 휴식 시간이 남는다. 중기 일행은 자판기 커피를 뽑아들고 식당 옆 휴게실 의자에 앉아 이런 저런 담소를 나눈다. 그저 하찮은 세상 돌아가는 일들이다.

오후 한 시부터 시작되는 일은 오전의 쓰레기들을 처리하는 것이다. 일반 쓰레기와 재활용품, 음식물 등을 가득 실은 차량들은 각자의 처리장으로 향했다. 그리고 깨끗이 비우고 마무리까지 하면 오후 세시쯤이다.

어두컴컴한 새벽부터 시작된 오늘 일과가 마무리되는 시간이다. 중기의 빗자루에 매달린 종합 철학은 샛별과 마주하고 중천의 햇살과 실랑이를 벌인 뒤 막을 내렸다.

중기는 동료들과 찻집에서 사연 많은 오늘의 이야기들을 한참동안 나눈 뒤 자리에서 일어섰다. 어느새 석양이 붉게 물들고 이면도로의 골목길 가로등이 하나 둘씩 켜질 때쯤 초인종을 눌렀다. 중기의 오른 손엔 딸인 민지의 생일을 축하하기 위한 케이크가 들려있다.

저녁 식사시간이 되자 미역국과 삼겹살과 케이크가 식탁에 놓인다. 모처럼 진수성찬이다. 중기는 아무 말 없이 민지를 쳐다봤다. 무표정과 과묵의 대명사인양 말이다. 그래서 축사는 자연스레 혜숙의 몫이다.

"딸! 생일 축하해."

"엄마, 아빠! 고마워요."

"우리 딸, 착하고 이쁘게 커줘서 고마워."

"나도 엄마, 아빠! 사랑해요."

초콜릿과 함께 노닐던 열네 개의 촛불은 세 식구가 동시에 휘익 불어 꺼트리며 간단한 생일 축하연의 절정을 맞이했다.

뒤이어 삼겹살과 함께 한 생일 파티는 소주 몇 잔을 들이키며 조촐한 기념식을 마무리 했다. 어느새 시간은 밤 열시를 알리며 뎅그렁 뎅그렁 울려 퍼졌다.

그 울림에 맞물려 아파트 단지 내에서 분류 작업을 하며 청소하던 아저씨 두 사람도 다소 지친 발걸음으로 퇴근길에 올랐다.

미화원에겐 낮과 밤이 따로 구분 지어지지 않고 오직 깨끗한 청소만이 존재할 뿐이다.

중기와 혜숙은 잠자리에서 두 손을 꼬옥 잡았다. 처녀·총각 시절의 부드럽고 애틋한 촉감은 아닐지라도 새로운 느낌을 받았다. 그러면서 서로에게 하지 못한 말들을 침묵 속으로 물었다. 사업 실패로 인한 미안한 마음과 그로인해 더욱 고생시키고 있다는 애잔한 중기의 생각이 혜숙의 가슴속으로 스며드는 것 같았다.

혜숙이 또한, 깊은 실의와 좌절을 훌훌 털고 일어나 가장으로서의 의연함과 기둥 역할을 하며 버텨나가고 있는 남편이 그저 고맙고 믿음직스럽게 느껴졌다. 보름을 앞둔 둥근 달이 창가에 다가와 환한 미소를 지으며 두 사람의 잠자리를 보살펴 주는 듯이 보였다.

근로자 대기소

1

중년의 사나이가 새벽이슬을 꼬옥 껴안은 채 골목길을 나섰다. 반달이 가로등 뒤켠에 걸려 알 수 없는 미소를 짓고 있다.

하늘은 구름 한 점 없이 맑다. 동녘의 샛별이 대왕처럼 군림하고 있다. 등산용 가방을 짊어진 사내는 골목길을 돌아 대로변으로 접어들었다. 가방 속엔 작업복과 수건, 그리고 생수가 들어있는 작은 페트병 2개가 있다.

반달 모양의 차양이 달린 회색 모자를 눌러쓴 사내는 자신과의 무언의 대화를 나누기 시작했다.

'오늘은 꼭 당첨이 되어야 하는데……'

어제 이 시각에 허탕을 치고 발길을 돌려야만 했던 기억이 쓰나미처럼 달려드는 것일까?

주머니 사정이 여의치 않아서인지도 모른다. 이런 저런 생각들로 방황하는 청춘이 되어 횡단보도를 건너자 벌써 동네의 새벽장이 서려한다. 배추·무·파·사과·귤 등이 서로 마주보며 길거리를 메워나가고 있다. 중년의 사나이는 그 틈새를 빠져나가자마자 담배 한 개비를 빼들었다. 모닝커피 대신인가.

폐부 깊숙이 빨아들인 니코틴은 순식간에 온몸을 휘감고 수십 가지의 상념만을 남긴 채 입 밖으로 탈출한다. 상념 중엔 마누라와 고딩 아들과 중딩 딸이 대부분의 자리를 차지하고 있다. 핵심은 돈 문제다. 자본주의 사회가 잉태한 최대의 유산인가?

어느새 로타리 부근의 대기소 앞이다. '새벽을 여는 사람들'이란 닉네임이 붙은 사내들 서너 명이 인도에서 서성이고 있다. 아직 여섯시 전인데도 말이다. 이미 오래 전부터 통성명을 한 사이인지라 금세 서로를 알아본다.

"형님! 나오십니까?"

"아우! 빨리 나왔네."

"조금 전에 왔구만이라."

"그런가? 함께 일 나갔으면 쓰겄구만."

"그렁게요."

"기다려 보세."

여섯시를 조금 넘기자 10여 명이 모였고 그때부터 전화벨이 울리기 시작했다. 암울했던 시절의 중앙정보부 대공분실에 있는 검고 뭉퉁한 전화통과 비슷한 벨이 울리자 모두들 머릿속이 복잡해진다.

전화기 건너편 목적지의 주인공이 나이기를 바라서다. 로또까진 아니더라도 행운의 여신이 자신들을 당첨시켜 주길 기대하기 때문이리라.

대기소장은 전화를 끊은 뒤 이리 저리 두리번거리더니 세 사람을 지명했다.

"OO아파트 현장 관리 사무실로 가세요."

각자 소개비 15,000원(일당의 10%)을 지불한 당첨자들은 만면의 미소를 머금으며 개선장군처럼 길을 떠났다.

중년의 사내는 마음을 졸이며 다음 전화벨이 울리길 기다렸다. 그 사이에 지원자들이 모여들어 스무 명을 넘어섰다. 경쟁률이 치열해져가는 소리가 들릴 정도다.

일곱 시를 조금 넘긴 시간대까진 전화통이 쉴 새 없이 울렸다. 하지만 중년의 사내는 아직 호출 명령을 받지 못했다. 일일 노예로 팔려나가지 못했다는 의미다. 점점 희망과 절망이 교차하는 시간대로 진입했다.

'오늘이 3일째다. 이러다가 손가락만 빨고 있어야 하는 건가?'

벼랑 끝에서 풀 한포기를 붙잡고 매달린 심정이 되어갔다. 깊은 상념 탓인지 조금 전에 전화벨이 울렸는지도 모른다. 자그마한 머릿속의 미로를 거침없이 질주하고 있을 무렵에 대기소장이 소리쳤다.

"형님! 빨리 행복 아파트로 가보시요."

"으음! 아이고 고맙구려."

"옆에 있는 젊은 친구하고 함께 가세요."

"알았수."

중년의 사내는 벼랑 끝에서 건져 올려졌다. 몸과 마음은 비록 만신창이가 되었을지라도 목숨만은 구한 셈이다. 소개비를 지불하고 메모지를 건네받은 뒤 발길을 돌렸다. 발걸음이 조금은 가볍다.

두 사람은 마치 형제처럼 나란히 걸었다. 그리고 잠시 후 74번 시내버스를 타고 아파트 공사 현장으로 향했다.

차창에 어리는 모든 사물들이 새롭게 느껴졌다. 행인들의 얼굴이 미소 짓는 천사처럼 여겨지고 크고 작은 건물들이 으스대며 뽐내는 것만 같았다. 집도 절도 없는 처량한 내 신세를 비아냥거리는 것인가? 아니면 측은하고 불쌍하게 여기는 것인가!

다섯 정류장을 지나 목적지에 도착했다. 재개발 지역에 1,500세대 규모의 아파트를 짓는 공사 현장이다. 3분쯤 걷자 컨테이너

박스에 '현장 사무실'이라는 간판이 눈에 띈다. 중년의 사내는 동행한 스포츠형 머리의 젊은 친구를 흘깃 쳐다보더니 안으로 들어섰다.

"저, 알찬 근로자 대기소에서 왔는데요."

"아, 예. 두 사람이죠?"

"맞습니다."

"여기서 작업복으로 갈아입고 함께 가시죠."

두 사람은 창고 같은 사무실 안에서 재빨리 옷을 갈아입었다. 그리고 지급된 안전화를 신고 안전모를 썼다.

4월의 따사로운 햇살이 동쪽 하늘에서 내리쬐고 있다. 벌써부터 조금씩 땀방울이 맺혀져가는 느낌이다.

2

현장소장은 101동으로 안내하더니 전면에 널브러져 있는 자재들을 가리키면서 설명했다.

"여기 벽돌과 모래들이 있는데 세대별로 벽돌 50장과 모래 두 리어카씩 올려야 합니다. 열 시에 간식을 가져다주겠습니다. 그리고 12시에 105동 앞에 있는 함바집에서 식사를 하시면 됩니다."

현장소장은 바쁜 일이 있는지 말을 마치자마자 자리를 떴다.

중년의 사내는 알겠다고 인사한 뒤 젊은 친구에게 다소곳이 말했다.

"리어카가 두 대니까 벽돌과 모래를 한 대씩 싣고 올라가세."

"예."

"자네가 모래를 퍼 담게. 난 벽돌을 실을 테니까."

"그렇게 하시죠."

두 사람은 석탄을 캐는 광부처럼 모래와 벽돌을 실었다. 그리고 건물 외벽에 설치되어 있는 간이 엘리베이터인 호이스트에 탑승했다. 꼭대기 층인 25층 버튼을 누르자 호이스트는 헬리콥터처럼 수직 상승을 시작했다.

덜컹거리는 소음, 금방 멈춰버릴 것 같은 불안해 보이는 구조물들이 가슴속을 짓누른다.

'이러다가 덜커덕 추락하는 건 아닐까?'

중년의 사내는 애써 미소 지으며 젊은 친구를 쳐다봤다. 그 친구 역시 점점 창백해져가고 있다. 서로가 동병상련인지 이심전심인지 잘 모른다. 서서히 목숨을 건 사투가 시작되는 것인가.

10층쯤 올라가니 제법 먼 곳까지 바라보인다. 하지만 아래를 내려다보니 오금이 저려왔다. 어떻게 25층 꼭대기까지 올라왔는지 모른다. 단지 '찰칵' 하는 도착 성명을 발표할 때서야 정신이 번쩍 들었다.

열림 버튼을 누르고 호이스트와 베란다를 연결하는 철판을 내렸다. 작은 리어카를 밀고 아파트 안쪽으로 들어가는데 염라대왕 소환장이 자꾸만 눈앞에서 아른거린다. 조심스럽게 서서히 이동하여 두 사람 모두 아파트 안쪽으로 들어서자마자 안도의 한숨을 내쉬었다.

"잠시 쉬었다가 하세."

"그럴까요?"

"전열을 재정비할 필요가 있네."

"저도 그렇게 생각합니다."

"자넨 현역인가?"

"예. 첫 휴가 나왔습니다."

"그런데?"

"누구나 저마다의 사연이 있지 않겠습니까?"

"맞네. 천천히 이야기 하세. 몇 살인가?"

"스물 둘입니다. 일병이고요."

두 사람은 서로 얼굴을 마주보며 씽긋 웃었다. 그리고는 모래와 벽돌을 거실 한쪽 켠으로 내렸다.

25층에서 바라 본 전경은 아름다움과 공포를 동시에 느끼게 했다. 저 멀리 높은 산들과 그 밑엔 작은 강이 흐르고 너른 벌판이 펼쳐져 있다. 좀 더 가까이에는 높고 낮은 빌딩과 아파트 단지

들, 그리고 성냥갑 같은 자동차들이 거리를 질주하고 있다.

등잔 밑은 어떠한가. 뼈대만 앙상하게 지어진 이곳 행복 아파트 단지에 이르자 공포가 쓰나미처럼 밀려왔다. 70m 높이에서 내려다 본 지상의 세계는 오금이 저절로 저려올 뿐이다. 지상이 아니라 지옥처럼 느껴졌다.

잠시 상념에 젖어든 후 다시 호이스트에 올라 버튼을 눌렀다. 탱크처럼 굉음을 내며 수직 하강을 즐기는 호이스트는 두 사람의 간을 콩알만 하게 만들기 시작했다.

'설마 체인이 끊어져 곤두박질치는 건 아니겠지?'

1분 여 동안의 하강 시간이 여삼추 같기만 했다. 군대에서의 유격 훈련을 연상케 했다. 드디어 지상 세계에 도착했지만 아직도 가슴이 벌렁 벌렁했다. 하마터면 염라대왕 면전에서 천국과 지옥의 선택적인 면담을 치를 뻔하지 않았는가.

호이스트 문을 열고 밖으로 나온 두 사람은 말없이 서로를 쳐다보며 안도의 미소를 지었다.

어찌됐던 1라운드를 무사히 넘겼다. 아무래도 오늘은 살얼음판 같은 왕복선을 타고 20라운드 정도는 뛰어야 할 것 같다. 경기 결과는 KO 아니면 판정으로 결판날 것이다. 은근히 판정승을 기대하며 다시 삽질을 시작했다. 다행이라면 2라운드 땐 고공 공포증이 조금 더 줄어들고 3라운드 땐 또 다시 절반으로 줄어든다는 사실이다.

그렇게 해서 5라운드가 끝나갈 무렵에 현장소장이 나타났다. 그의 오른손엔 까만 비닐 봉투가 들려있다. 간식거리를 가지고 온 모양이다.

지상 착륙 도착 성명 후 소장은 “수고가 많소. 12시가 되면 함바식당으로 가서 OO산업 장부에 기재한 뒤 점심 드세요.” 라는 짧은 멘트를 날린 뒤 조용히 사라졌다.

두 사람은 그늘진 1층 거실 시멘트 바닥에 쭈그리고 앉아 빵과 음료수를 먹기 시작했다. ‘눈물 젖은 빵’은 아닐지라도 ‘눈물이 아른거리는 빵’이다. 백팔번뇌까진 아니지만 수십 가지의 생각들이 좌충우돌 했다.

그렇게 10분간의 휴식을 마친 뒤 다시 6라운드로 접어들었고 10라운드를 뛰고 나자 정오를 알리는 사이렌이 울려 퍼졌다.

3

작업 현장에서 식당까진 불과 3분이 채 걸리지 않았다. 하지만 10개 동에서 작업을 하던 인부들이 거의 동시에 몰려드니 함바식당 입구까지 길게 줄지어 있다. 페인트가 덕지덕지 묻어있는 사람, 횟가루와 송홧가루가 전신에 범벅이 된 사람, 쇳가루로 붓칠한 듯 번쩍거리는 사람, 백사장에서 모래 찜질한 듯 반짝거리는 사람 등 다양한 업종의 사람들이 모여 서성인다. 마치 백화점 폭탄 세일을 방불케 하는 기나긴 식사 행렬이다.

중년의 사내와 젊은 친구는 아무 말 없이 10여 분간을 기다린 끝에 식판을 챙겨들었다. 김치와 콩나물, 된장국과 제육볶음이 담겨진 조촐한 뷔페식 밥상이다.

나무로 된 테이블에 앉아 5분 만에 게 눈 감추듯 먹어치운 두 사람은 잔반을 처리한 뒤 주방 쪽 선반에 식판을 올려놓았다.

얼핏 보이는 주방 안쪽엔 아주머니 두 사람이 정신없이 설거지를 하고 있다. 손놀림이 예사롭지가 않다. 헹구는 속도가 빨라 세제가 제대로 씻길지 의문이다. 전직 대통령들이 싹싹 긁어먹고 난 빈 그릇을 씻는 것도 아니건만 지저분한 식판들이 산더미처럼 쌓여갔다.

중년의 사내는 그 모습을 바라보면서 불현듯 마누라 얼굴을 그려본다. 지금도 어느 식당에서 저 모습과 비슷한 형태로 설거지를 하고 있으리라.

'세상 물정 모른 채 젊음과 패기만으로 덤벼들었던 조그만 사업이 망하지만 않았어도…….'

중년의 사내는 뒤늦은 후회인지, 자책성 반성인지 골똘히 생각하며 애써 머리를 좌우로 흔들었다. 그리고는 젊은 친구를 쳐다보며 빨리 가자는 무언의 신호를 보냈다.

두 사람은 함바 식당을 빠져나와 101동 1층 거실 맨바닥에 빈 박스를 깔고 앉았다. 지금부터 30분 동안은 휴식시간이다.

중년의 사내는 자신의 과거사를 되돌아보며 저 젊은 친구도 마음 속 깊은 곳에 무슨 사연이 있을 것이라고 짐작했다.

"자네, 이름이 뭔가?"

"예. 이 정근입니다."

"그래? 나와 같은 종씨구만. 난, 이갑수라고 하네."

"그렇습니까? 오늘 처음 뵙는데 반갑습니다. 아저씨!"

"나도 젊은 피를 수혈하는 것 같아 좋구만. 그런데 첫 휴가를 나왔으면 친구나 애인을 만나야지……."

"……."

"말 못할 사연이 있는 것이구만."

"아버지는 일찍 돌아가셨고 어머니는 병환 중입니다."

"으음! 효자구만."

"감사합니다."

"더 이상 묻지 않겠네. 잠시라도 눈 좀 붙이게나."

"예. 그럼, 눕겠습니다."

"그리고, 앞으론 형님이라고 부르게."

"알겠습니다. 그렇게 하겠습니다."

두 사람은 콘크리트 냄새가 풀풀 풍기는 시멘트 바닥에 나란히 누웠다. 그러나 쉽게 잠은 오지 않았다.

한 사람은 상행선을 달리고 다른 사람은 하행선을 질주하며 나름대로의 상념에 젖다보니 30분 동안의 시간이 훌쩍 지나가고 말았다.

4

다시 오전과 같은 일이 시작되었다. 전반전을 마친 후 전략과 전술 토의까진 하지 않았지만 후반전엔 수비 위주의 소극적인 플레이를 할 줄 알아야 한다. 중년이 된 갑수가 다년간에 걸친 막노동 경험을 통해 얻은 노하우다. 다소 힘이 넘치는 젊은 친구 정근이는 형님이 하는 대로 따라했다.

내일을 위한 에너지 비축 정책인가? 막노동 인생은 건강과 체력이 뒷받침 되어야 한다. 머리를 써서 복잡한 2차 방정식을 풀어야 하는 것도 아니고, 미분이나 적분을 계산해내는 것 또한 당연히 아니다. 아프지 않은 탄탄한 몸뚱이만 있으면 그것으로 족하다.

하지만 1시간쯤 지나자 체력의 한계가 서서히 느껴졌다. 따라서 잠시 쉬는 횟수가 까만 고무줄처럼 늘어나기 시작했다. 급기야 층별로 2라운드씩 뛰다가 18층에서 끽연 타임을 맞이했다.

갑수는 담배를 한 개비를 꺼내 정근에게 건네려는 동작을 취했다.

"자네도 한 대 피우게."

"저는…… 아직 배우지 못했습니다."

"그래? 천연 기념물이구만."

"죄송합니다."

"죄송하긴…… 자네가 몹시 부럽네."

"그렇게 이해해 주시니까 감사할 따름입니다."

50m 높이에서 봄바람을 쏘이며 니코틴을 들이 마시는 맛은 또 다른 별미다. 담배가 건강에 해롭다지만 때론 활력을 불어넣는 충전기 역할을 하기 때문이다.

5분간의 끽연 시간을 마치고 다시 작업 개시다. 태양은 정남향에서 엄청난 속도로 대각선을 그으며 내리 쏜다. 그러자 수십만 개의 땀구멍들은 더 이상 버티지 못한 채 러닝셔츠와 팬티를 서서히 적셔갔다. 노동의 진가를 느끼는 시간이다.

1만 원의 가치도 함께 느낀다.

그렇게 또 1시간이 지나자 어김없이 현장소장이 간식을 들고 나타났다.

"수고들 많습니다. 쉬어가면서 하시지요."

"예. 그렇게 하고 있습니다."

"지금 몇 층까지 했나요?"

"16층까지 내려왔습니다."

"정말요? 굉장히 빠르네요."

"그렇습니까?"

"그럼요. 당분간 이곳 현장에서 일하시렵니까?"

"그렇게 해 주시면 고맙죠."

"지금, 인력 사무실로 전화 하겠습니다."

현장소장은 휴대폰을 꺼내 대기소장과 짧게 통화를 했다. 그리고 잠시 후 두 사람과 보름 동안의 구두 계약을 맺었다.

현장소장이 가고 난 뒤 빵과 음료수를 먹는데 오전과는 맛이 다르다. '눈물 젖은 빵'이나 '눈물이 아른거리는 빵'이 결코 아니다. 보름 동안의 일자리 확보가 '웃음꽃 피는 빵'으로 변질시켰는지 모른다.

신바람 난 두 사람은 엔돌핀이 팍팍 돌자 오르내리는 속도가 조금 빨라졌다. 이글거리던 태양도 조금씩 누그러져 서산마루에 걸릴 무렵 오늘의 막노동이 대단원의 막을 내렸다. 13개 층에 벽돌과 모래를 26번씩 날랐다.

갑수와 정근이는 지저분한 손으로 작업복을 대충 털고는 현장 사무실로 발길을 돌렸다. 현장소장은 수고했다며 일당 15만 원씩을 챙겨주었다.

"내일 아침 7시 40분까지 오시면 됩니다."

"알겠습니다."

"별도로 연락하지 않겠습니다."

"꼭 시간 맞춰 나오겠습니다."

일당을 챙겨든 두 사람은 수고와 이별의 악수를 나눈 뒤 현장 사무실을 빠져 나왔다.

태양은 어느새 일몰의 손에 키스하듯 아쉬움을 남긴 채 서산 마루를 미끄러져 내려갔다.

5

시내버스 정류장까지 걷는 동안 두 사람은 침묵으로 일관했다. 각자의 생각들을 정리하고 있는 것처럼 보였다. 아니면, 오늘 받은 일당을 어디에 어떻게 쓸 것인가를 계산하고 있는지도 모른다.

아파트 입구 쪽에 흐드러지게 핀 벚꽃과 목련이 잔인한 4월임을 알려주고 있다.

지금 두 사람도 마찬가지리라. 꽃구경은커녕 막노동인지 중노동인지와의 처절한 승부를 펼치고 있으니 어찌 잔인하지 않으랴. 잠시 각자의 세계를 소리 없이 거닐다가 정류장에 도착했는데 승차 대기 하는 사람들이 제법 많다.

'대기소엔 새벽 손님들이 많고 정류장엔 저녁 손님들이 많구

나.'

정류장 전광판엔 노선별로 버스 도착 예정 시간이 주기적으로 표시되었다.

잠시 후 74번 버스가 도착한다는 멘트가 나왔다. 형제 같은 두 사내는 서로를 쳐다보며 탑승 준비를 했다. 비록 퇴근 시간과 맞물려 버스 안에서 이리 저리 부대끼지만 다섯 정류장을 지나는 동안 수많은 생각들이 오갔다.

큰 사내는, 지금쯤 식당에서 저녁 설거지를 하고 있을 마누라와 학교에서 열심히 공부하고 있을 고딩 아들과 보습 학원에 가 있을 중딩 딸이 그려진다.

작은 사내는, 불편한 거동으로 겨우 앞마당을 거닐며 말없이 허공을 응시한 채 아들이 오기만을 학수고대 하고 있을 어머니가 떠오른다.

흔들리는 버스 속에서 생각의 나래를 편 채 15분쯤 지나자 대기소 앞이다. 두 사람을 내려놓은 버스는 아련한 미련만을 남긴 채 저만치 멀어져가고 있다.

"정근이, 오늘 수고했네."

"저 보다도 형님이 더 수고하셨죠."

"내일 아침 일곱 시쯤에 여기서 만나세."

"알겠습니다. 살펴 가십시오."

두 사람은 서로 다른 방향으로 발길을 돌렸다. 이미 땅거미는 졌고 가로등이 하나 둘씩 켜지기 시작했다.

갑수는 잠시 후 정육점에 들러 삼겹살을 샀다. 식구들과 함께 조촐한 파티를 열기 위해서 소주도 두 병 샀다.

정근이는 가까운 약국에 들러 어머니가 먹을 1개월분 약을 샀다. 그런 다음, 그 옆 재래시장에 들러 어머니가 좋아하는 고등어와 오징어를 샀다. 어머니와 오붓한 저녁 식사를 하기 위해서다.

행복과 불행은 보이지 않는 가면을 쓴 채 저마다의 방식으로 찾아오는 것인가. 이 두 녀석은 동전의 앞뒷면과 같다. 생각하기 나름이다. 가난한 행복과 부유한 불행이 갈피를 잡지 못한 채 평행선처럼 달리기도 한다.

두 사내가 각자의 골목으로 들어섰다. 수은등이 제일 먼저 반기고 조그마한 철제 대문이 그 뒤를 잇는다.

태양은 어둠 속으로 사라지고 달님이 서서히 고개를 내미려 한다. 가끔씩 컹컹 짖어대는 개들의 바리톤 합창 소리가 살아있는 골목임을 실감케 한다.

달동네 언덕 너머로 오늘 하루가 무사히 멀어져가고 다가올 내일이 희망의 나래를 편 채 소리 없이 기다리고 있다.

농번기

1

계절의 여왕이자 가정의 달인 5월의 장미꽃이 만발하여 모든 사람들의 마음을 설레게 한다. 하지만 나는 낭만적인 기쁨을 만끽하기엔 삶이 여유롭지가 못하다.

새벽 4시가 되면 멜로디를 반복하는 알람이 나를 기상시키기 때문이다. 아직 꿈속의 아리따운 여인과 멋진 러브신을 즐기고 있기에 계속 뭉그적대다가 겨우 두 눈을 떴다.

기지개를 몇 번 켜고 침대에서 일어나려는데 머리에서 발끝까지 온통 두들겨 맞은 것 같은 통증이 느껴졌다.

'어제 너무 심하게 일을 했나?'

그래도 오늘 약속을 했으니 꼭 일터로 나가야 한다. 나는 정신을 가다듬고 일어나 가벼운 스트레칭을 한 뒤 세면장으로 향했다. 간단히 세수를 하고 나서 된장국으로 대충 요기를 한 후 배추김치와 깍두기, 단무지가 담긴 도시락 2개를 싸서 작은 가방에 넣고 대문을 나섰다. 시간은 새벽 다섯 시를 향해 달려가고 있다.

가로등을 친구 삼아 골목길을 벗어나 큰 도로 사거리의 횡단보도를 지나니 10분 정도 지났다. 시계를 보니 다섯 시 5분 전이다.

동녘 하늘엔 여명의 기운이 서서히 감돌고 샛별은 아직 초롱초롱 빛나고 있다. 이제 출근용 버스가 곧 도착할 것이다.

거의 매일같이 반복되는 일상이지만 잠시 동안 생각에 잠겨본다. 회갑을 넘긴 나이에 새벽 별을 바라보며 일터로 향해야만 하는 고달픈 내 인생을 말이다. 그 누구에게도 하소연 할 수 없는 스스로의 비밀스런 과거사다.

괜히 쓴 웃음이 비어져 나오려 한다. 자책성 한숨을 길게 한번 내 쉬고 나니 저기서 통근 차량이 다가오고 있다. 노란 색으로 예쁘게 칠해진 24인승 미니버스다. 이미 약속된 장소이기에 경고등을 켠 채 내 앞에 섰다.

출입문이 열리자 한 계단 올라섰는데 서너 명의 일꾼들이 보인다. 모두 60대 아주머니들이다. 좀 더 정확하게 말하자면 할머니들이다. 손자 손녀들이 두세 명씩 있어서다.

나는 제일 뒷좌석 유리창 쪽 구석으로 들어가 앉았다. 나이로나 근무일자로 봐서 이제 신병이나 다름없기 때문이다.

미니버스는 내가 살고 있는 도시를 한 바퀴 순회하면서 10여 명의 일꾼들을 태우고 시외로 향했다. 오늘은 인접 지역의 시골 마을로 가서 고구마 밭에 이식 작업을 해야 한다.

새벽안개를 헤치며 한 시간쯤 달리자 풋풋한 시골 내음이 풍겨왔다. 신선한 공기와 신록의 산야가 뭔가 활력을 불어넣는 느낌이 들었다.

그러나 작은 언덕배기를 넘어 모퉁이를 돌자 돼지나 소를 키우는 축사에서 풍기는 자연속의 역겨운 냄새가 남서풍을 타고 날아와 심기를 불편하게 했다. 혼잡과 매연으로 얼룩진 한 시간 전의 도시와 비교되는 딴 세상의 특이한 현상처럼 느껴졌다.

잠시후 콘크리트로 포장된 시골 농로를 서행하던 미니버스가 목적지에 도착했다. 모두들 작업복과 도시락, 수건 등이 담겨 있는 작은 보따리를 들고 내렸다.

나는 맨 뒤쪽에 앉아 있어서 잠시 기다렸다. 그런데 차장 밖을 보니 한 폭의 그림이 그려져 있질 않은가! 서해 바다의 아름다운 풍경이다. 만조 시간 무렵인지 바닷물이 갯벌을 거의 덮어 큰 호수를 이루고 있다. 저 멀리 크고 작은 섬들이 병풍처럼 드리워져 있고 갈매기들이 아주 평화롭게 노닐며 먹이 사냥을 하고 있다. 거의 '지붕 없는 미술관' 수준이다.

나는 저절로 입이 벌어졌다. 오늘 여행을 왔으면 좋았으리라는 희망 사항을 중얼거리기도 했다. 그러다가 생각을 다시 고쳐먹었다.

'오늘은 행운이 겹친 날! 아름다운 경관과 함께 일하면서 돈을 버니, 임도 보고 뽕도 따는 격이 아닌가!'

잠시 동안 상상의 나래를 펼치고 있는데 기사 양반이 소리친다.

"안 내려요?"

"아, 예. 미안합니다."

"벌써부터 낭만주의자가 된 건 아니죠?"

"눈치 채셨습니까? 여기까지 오느라 수고 했습니다."

나는 미안한 마음을 안고 버스에서 내렸다. 모두들 농로 한쪽에 각자의 짐들을 부려놓고 있으니 잠시 후 70대의 여사장이 소리친다.

"여기서부터 고구마 순을 심을테니 한 고랑에 한 사람씩 들어가세요."

여사장은 이미 밭주인과 약속이 되어 있는 듯 거침없이 진두지휘를 한다.

"반장은 따로 고랑을 잡지 말고 제대로 심어졌는지 뒤쪽에서 확인하면서 가세요."

"알았습니다."

그래서 고구마순 심기 작업이 시작되었다. 고구마는 모종한 줄기를 20~30cm로 잘라서 볼록한 두둑에 15° 각도로 비스듬하게 심는다. 잘린 줄기 아랫부분을 뿌리처럼 생각하고 그 위에 고랑의 흙을 살짝 덮어 눌러주면 된다. 5월 중순에서 6월 초순경에 주로 심는데 4개월 정도 자라면 수확한다. 고구마순은 이미 전날 잘라서 다발로 묶여 있기 때문에 작은 통에 담아 이동하면서 한 가닥씩 뽑아 심는다.

초보인 나는 사흘 전에 반장 할머니가 심는 요령을 가르쳐 주었지만 서툴기 그지없다. 그래서 반장 할머니가 숙제 검사 하듯 확인하고 재교육을 시키곤 했다. 오늘도 마찬가지다.

10여 명의 일꾼 중에 남자라곤 나와 형님뻘 되는 두 사람을 포함해서 딱 세 사람이다. 할머니들의 손동작은 이미 프로 반열에 들어섰고 두 형님들 또한 상당한 수준에 와 있다.

작업이 시작된 지 10여 분쯤 지났을까? 24인승 차량 2대가 저기서 미끄러지듯 들어왔다. 잠시 후 20여 명의 일꾼들이 차에서 내리더니 바로 옆 밭으로 이동하여 고구마 순 심기 작업을 시작했다.

그런데 우리나라 사람들이 아니다. 자기들끼리 뭔가 조잘대는 소리를 들어보니 태국 사람들이다. 원정 출산이 아닌 원정 노동을 하러 온 것이다. 남녀의 성 비율은 절반 정도 되는 것 같다. 그리고 20~30대의 젊고 싱싱한 멤버들이다.

이제 40명 정도의 노동자가 고구마 밭에서 일을 한다. 한 두둑의 길이는 대략 50m 정도인데 30분가량 소요된다. 끝까지 작업을 마치면 옆으로 이동하여 다시 새로운 두둑을 잡아 작업을 해오면 된다. 반환점을 찍고 되돌아오는 격이다.

햇살은 이미 동녘에 떠올라 25℃로 내리쏜다. 서서히 이마에 땀방울이 맺혀가고 있다.

우리나라 일꾼들은 그저 묵묵히 자기 일만 하는데 건너편 밭의 태국 일꾼들은 알아듣지 못할 말들을 계속 재잘거린다. 아마도 젊은 청춘들이 모여서 일을 하니까 할 말도 많은 모양이다.

그렇게 2시간가량 지났을까? 아침 여덟시가 되자 반장이 호루라기를 길게 두 번 불어댄다.

"호르르르, 호르르르! 아침밥 먹고 합시다."

모두들 이 시간을 기다렸다는 듯이 엉덩이에 매달린 둥그렇고 두툼한 방석과 반 코팅된 장갑을 작업 중인 그 자리에 벗어 놓는다. 동물들의 본능적인 자기 영역 표시와 비슷하다. 모두들 고랑을 따라 가방이 있는 곳으로 되돌아 나온다.

소변을 보지 못한 할머니들은 약간 뒤쳐져 나오며 밭 옆에 난 작은 도랑 구석에서 일을 본다. 화장실 사용 시간이 별도로 정해져 있지 않으니 자연 그대로의 화장실을 이용하는 것이리라.

아침 식사는 각자 싸온 도시락을 꺼내 길바닥에 신문지를 깔고 옹기종기 모여 앉아서 먹는다. 김치와 깍두기, 콩나물 무침이 대부분이다. 그래도 모두들 맛있게 먹는다. '시장이 반찬'이란 속담이 맞는 것 같다.

저쪽의 태국 일꾼들도 쫑알쫑알 대며 뭔가를 맛있게 먹고 있다. 그들은 한국 음식이 아닌 자기 나라의 음식을 먹는다.

십여 년 전까지만 해도 농사일은 대부분 우리나라 사람들이 했었다. 그런데 점점 젊은 세대들은 거들떠보지도 않고 50~70대의 중·노년층들의 전문 일자리가 되었다.

그래서 농번기가 되면 일손이 부족하게 되고 자연스럽게 외국인들이 그 자리를 차지하게 되었다. 태국뿐만 아니라 필리핀, 베트남, 캄보디아, 스리랑카 등 동남아 인력들이다.

그들에겐 한국에서의 막노동이 최상급의 일자리다. 하루 일당이 모국의 3~4일 일당과 비슷하기 때문이다. 최저 시급인데도 말이다.

아무튼 외국인들이 농촌 일까지 맡아서 하게 되자 식사 문제의 변화가 생겼다. 처음엔 밭주인들이 아침과 점심 식사를 제공했었다. 그런데 음식 문화가 다르기 때문에 한국 음식을 거들떠

보지도 않게 되자 점점 식사 대신 밥값을 지불했는데 두 끼 값이 5천 원이다. 그 때문에 우리나라 사람들에게도 식사 제공을 하지 않으니 도시락을 준비 할 수밖에 없었다.

밥값 지불 문제는 그 후로 2~3년 시행되다가 점차 흐지부지 되고 말았다.

어찌됐든 아침 식사와 생리적인 현상까지 해결하는 시간은 30분간이다. 8시 30분이 되면 반장이 다시 호루라기를 길게 두 번 불어대기 때문이다. '작업 개시'라는 뜻이다. 그러면 모두들 자리를 털고 일어나 작은 봉우리를 점령하려는 개미 군단의 병정들처럼 밭으로 이동한다.

2

나는 밭으로 이동하면서 서해 바다를 바라보았다. 커다란 호수 같은 만灣은 바닷물이 쉴 새 없이 밀려와 넘실거린다. 나 또한 아침 식사를 해서인지 식곤증이 조금씩 밀려온다.

나와 바다의 조화인지 인간과 자연의 조화인지는 잘 모르지만 잠시나마 환상의 세계를 거닐었다. 바다와의 짧은 만남을 뒤로 한 채 다시 내 자리로 돌아왔다. 지금부터는 일과의 싸움이 아니라 햇볕과의 싸움이다.

아홉 시 무렵의 해는 27℃이지만 점점 가열되어 점심 무렵엔

30℃를 훌쩍 넘어갈 것이다. 그 와중에 고구마순 심기 작업은 마치 무언의 마라톤 경주 같다. 각자 한 고랑씩 맡아서 책임지고 작업을 하기에 앞서거니 뒤서거니 하면서 차이가 난다. 숙련도의 차이요, 고참과 신참의 차이다.

그래서 앞서가려는 사람과 뒤쳐지지 않으려는 사람이 보이지 않는 신경전을 벌이는 것이다.

밭주인과 반장은 이런 상황을 은근히 즐기고 있는지도 모른다. 우리를 인솔해서 왔던 여사장은 한 시간 전에 물품 구입차 읍내로 떠났다. 주 감독관이 사라지자 밭주인이 그 일을 대신 하는 걸까!

밭 언덕에서 지켜보던 주인은 가끔씩 제대로 심으라는 독촉성 소리를 질러댔다. 그러면 반장 또한 덩달아서 소리치는데 다분히 의도적이다. 조기에 진화하려는 소방수 같기만 하다.

태국인들 또한 계속 중얼거리면서 일하는데 우리 할머니들과 속도가 비슷하다. 젊기도 하지만 자주 다녀봐서 요령이 생긴 것이리라.

잠시 후 아홉 시가 넘자 밭의 시작 부분에서 작은 농기계인 관리기가 탈탈거리며 움직이기 시작했다. 고구마 순을 심은 두둑 위에 비닐을 씌우는 작업을 하기 위해서다. 관리기가 비닐을 씌우면서 지나가면 삽질하는 사람이 뒤따르며 마무리 흙덮기를 했다. 작은 자전거처럼 생긴 관리기는 조금씩 속도를 내면서 이쪽을 향해 다가왔다.

한 시간쯤 지나자 상당히 접근했고 심기 작업을 하는 인부들은 쫓기는 신세가 되어 심리적인 압박을 받기 시작했다. 쫓고 쫓기는 무한 경쟁인가? 강한 자가 살아남는 것이 아니라 살아남는 자가 강한 자이듯 모두들 살아남는 강자가 되려고 손놀림이 더욱 빨라진다.

그런 긴장감이 계속되자 갈증이 더욱 심하게 났다. 옆구리에서 작은 생수 병을 꺼내 몇 모금을 꿀꺽 꿀꺽 마시자 새로운 기운이 솟는다. 그러면서 바다를 한번 쳐다봤다.

다시 반대쪽 언덕배기 밭을 쳐다보니 보리 베기가 한창이다. 낫을 들고 베는 사람들은 보이지 않고 탱크 같은 콤바인이 지나가면서 보리를 베자마자 곧바로 탈곡까지 해 나간다.

예전엔 낫을 들고 조금씩 베어 나가는 수동식이었는데 이젠 거의 자동식이다. 굳이 전쟁터로 비유하자면 소총과 대포의 싸움이다. 내가 물 마시고 허리를 펴면서 두리번거리는 시간이 20초쯤 지났을까?

저쪽에서 밭 주인이 소리친다.

“아저씨! 뭐해요?”

빨리 고개를 숙이고 일 하라는 뜻이다. 우리 반장 또한 따라서 소리치면서 핀잔성 잔소리를 해댄다. 일당 10만 원을 벌기 위해 새벽별 보며 왔는데 혹시 잘릴까봐 나는 얼른 "알았어요."라며 고개를 숙이고 말았다.

어느덧 해는 중천에 떠서 직사광선 비슷한 모양새로 내리 쏜다. 정오 무렵이 된 것이다. 모두들 쭈그리고 앉아서 일하다 보니 허벅지와 사타구니와 허리가 아프다. 오히려 일하는 손과 어깨는 덜 아프다. 거기에 땀방울이 비 오듯 하여 머리에서 발끝까지 서서히 적셔갔다.

예전엔 동네 면사무소에서 정오를 알리는 사이렌이 울렸었는데 언제부턴가 그 소리가 들리지 않았다. 오직 우리 반장의 호루라기 소리만이 정오를 알릴 것이다. 뱃속에서도 시냇물 흐르는 소리가 들린다. 육체노동을 해 본 사람만이 배고픈 설움을 절감할 수 있다는 생각이 들기도 했다. 단지 위안이라면 가끔씩 바닷바람이 파도처럼 살랑거려 겨드랑이와 사타구니를 스쳐 지나가면서 3초의 시원함을 안겨주는 것이다.

그런 복잡 미묘한 상황에서 작업 진도가 빠를 리가 없다.

조금 더 지나면 시동이 꺼질지도 모른다. 그 순간 반장의 호루라기 소리가 경쾌하게 들렸다.

"호르르르, 호르르르! 점심 먹고 합시다."

모두들 구세주를 만난 듯 굽혔던 허리를 펴며 자리에서 일어났다. 그렇게 해서 오늘의 일당 절반인 5만 원을 벌었다.

'돈이 지나간 자리는 고통의 궤적'이라는 누군가의 말이 진리라는 사실을 절실히 느끼는 순간이기도 했다.

3

그늘 없는 농로 변에서 도시락을 펼쳤다. 배는 몹시 고프지만 밥맛은 없다. 뜨거운 햇볕을 많이 먹은 탓일까?

여기저기서 맨밥에 물을 말아 먹는다. 먹는다기보다는 그냥 '쑤셔 넣는다'는 표현이 더 적절할 것 같다. 허기진 배로는 후반전을 뛸 수 없기 때문이다.

콘크리트로 만들어진 전봇대 그늘에 반쯤 몸을 가린 채 쭈그리고 앉아서 김치 가닥에 밥을 먹는 할머니는 그래도 행운이라며 미소 짓는다. 먹고 살기 위해서 일하지만 먹는 모양새가 영 말이 아니다. 살기 위해 먹는 것인지, 먹기 위해 사는 것인지도 헷갈린다.

30분 동안의 식사 시간이 끝난 후 다시 밭으로 향하는데 파장이 짧은 아지랑이의 지열이 온 몸으로 느껴졌다. 태양은 바로 머리 위에서 뜨거운 햇살을 뿌려대며 작업을 감시하고 있다. 고구마순도 절반쯤은 말라비틀어진 채 빨리 심어서 살려달라고 애원하는 듯하다.

작업자들 또한 이미 파김치와 이웃사촌의 인연을 맺고 있다.

단지, 태국인들만은 아직 싱싱한 채로 늦봄의 태양열을 즐기고 있는 것처럼 보였다.

일사병이 저 능선에서부터 마라톤 선수처럼 서서히 다가왔다. 오후 2시가 가까워지자 히말라야 산 정상에 있던 일사병이 반환점을 돌면서 나약한 체질을 잡아먹기 위해 안달이다.

하지만 아직도 세 시간 넘게 일해야 한다. 과연 오늘 노란 미니버스를 타고 집으로 돌아가게 될지, 앰뷸런스에 실려 응급실로 실려 갈지는 미지수다. 햇볕 가리개용 밀짚모자만이 정답을 알고 있으리라.

군대에서 산악행군을 할 때 정상 부근에서 '악으로 깡으로!'를 외치듯 한 시간을 더 버텼다. 세 시가 되면 간식과 음료수를 주기 때문이다. 어떤 지역은 밭 주인들끼리 간식을 주지 말자고 굳게 맹세했는지 물만 주고 만다.

그러나 오늘은 저만치에서 작은 박스를 들고 돌아다니면서 간식거리를 준다. 비닐봉지에 든 빵과 팩에 든 음료수다.

간식을 먹는 시간은 단 10분이다. 소변을 보려거든 재빨리 먹어 치운 뒤 도랑 속 자연 화장실로 달려가다시피 해야 한다. 간식이 뱃속에 들어가니 조금은 힘이 샘솟는다. 이제 2시간 정도만 버티면 오늘 일과는 끝이다.

나는 주변을 두리번거렸다. 서해 바다는 썰물의 끝자락을 붙잡고 수백 미터를 후퇴한 채 시커먼 갯벌만이 앙상한 모습을 드러내고 있다. 밀물 때의 멋진 장면이 '지붕 없는 미술관'이라면 썰물 때의 허허로운 장면은 '지붕 없는 하수처리장' 같은 느낌이 들었다.

고구마 밭은 저만치에서 마지막이라는 신호를 보내며 웃고 있다. 뒤따라오던 관리기는 이미 바짝 붙어 심는 작업이 끝나기만을 기다리고 있다.

요즘 시골에선 고구마든 양파든 감자든 대규모 단지를 조성해서 재배를 하는 추세다. 예전처럼 자급자족을 위한 텃밭 수준이 아니다. 영농 산업화다.

스포츠 경기를 보면 '끝날 때까지 결코 끝난 게 아니다'는 말을 즐겨 쓴다. 여기서도 마찬가지다.

오후 다섯 시가 넘으면 이제나 저제나 하고 호루라기 소리를 기다린다. 하지만 주심은 손목시계만 쳐다보며 불듯 말듯 시간만 끌고 있다. 지고 있는 팀은 반가울지 모르겠으나 이기고 있는 팀은 심판이 미울 것이다.

밭 주인과 우리 반장이 서로 밀당을 하고 있는지도 모른다. 괜히 작업자들만이 속으로 투덜거렸다. 그러나 최후의 순간까지 열심히 일을 해 줘야 다음날이나 다음 주 또는 내년에도 일거리를 맡길 것이다. 우리 사장이나 반장은 익히 그러한 사실을 잘 알고 있다. 사업가는 냉철한 이성과 예리한 판단력이 있어야 하지 않겠는가.

후반전과 연장전을 치르고 나서야 주심은 호루라기를 입에 물고 길게 두 번 불어댔다.

"호르르르 호르르르! 집에 갑시다."

선수들은 오래전부터 그 소리를 기다렸다며 일을 멈춘 채 허리를 폈다. 그런 다음에 도구를 챙겨들고 귀가를 서두른다. 저기 앞에 서 있는 노란 미니버스는 퇴근행 선수 입장을 기다리며 빨리 올라타라는 손짓을 하는 것만 같다.

4

노란색 미니버스가 폭이 좁은 시멘트 농로를 서서히 빠져나갔다. 서해 바다는 다시 절반쯤의 호수를 이룬 채 '지붕 없는 미술관'으로 변해가고 있다.

태양은 뜨거운 열기를 발산하다가 지쳤는지 다소 의기소침 해졌다. 하지만 오늘의 정열을 쏟아 붓기까지는 한 시간 남짓 남아

있다.

에어컨도 켜지 않은 미니버스가 농로를 벗어나 아스팔트 포장길로 들어서려는데 전형적인 시골 내음이 콧속을 자극했다. 소와 돼지를 기르는 축사에서 풍겨오는 냄새다. 저 냄새와 날마다 씨름 하면서도 전혀 굴하지 않고 묵묵히 살아가는 농민들이 존경스러워졌다.

조금 지나 면소재지에 이르렀다. 중심가엔 면사무소와 우체국, 파출소와 농협, 마트 2개와 식당 서너 군데가 전부인 작고 아담한 마을이다.

농협 옆에 차를 세운 기사가 365 코너 안으로 들어갔다. 맞은편의 마트에선 농번기 철이라는 사실을 증명하듯 많은 사람들이 물건을 구입하고 있다. 대부분 외국인들이다. 하루 일과를 마치고 일용할 저녁 양식을 구입하기 위함이었다.

계산대에 대여섯 명의 손님들이 줄을 서서 차례를 기다리고 있다.

마트 주인은 연신 싱글 벙글 하면서 계산하기 바쁘다. 2만 원 이상 구입하는 손님에겐 두루말이 화장지 한 개를 보너스로 주고 있다.

잠시 후 돈 봉투를 든 기사가 돌아오고 이내 사장에게 건네졌다. 미니버스는 서서히 출발하고 사장은 통로를 오가며 일당을 건넨다. 신사임당이 그려진 오만 원권 두 장이다. 오늘 하루 동안 10시간 넘게 일한 노동의 대가다. 피와 땀이 스며있는 고귀한 결실이다. 시급 1만 원에도 미치지 못하는 고된 중노동이다. 근로자 대기소를 통해서 일을 나갔더라면 족히 15만 원은 받았을 것이다.

하지만 모두들 꿀 먹은 벙어리처럼 눈만 껌뻑껌뻑 하면서 감지덕지해 하는 자세다. 이 늙은 나이에 어디서 일당 10만 원을 받겠냐는 체념이 배어 있는 걸까?

주휴 수당이나 토요일, 일요일 등의 특근 수당 따윈 아예 상상도 못한다. 그런 것은 지구 밖의 딴 세상 이야기다. 그저 잘리지 않고 일할 수 있기만을 바라는 눈치다.

마지막으로 반장에겐 별도의 수고비 1만 원을 더 얹어 주는데 반장은 무표정이다.

'통제와 독려를 위해 목청껏 떠들면서 열심히 일했건만 그 대가가 겨우 1만 원이냐?'고 항변하고 싶은 기색이 역력한데 그냥 아무 말 없이 넘어갔다. 사장이 잠시 돌아설 때 입만 삐죽거렸다. 어이없다는 뜻인가?

사장은 마지막으로 기사에게 일당을 지불한 뒤 앉아있는 인부들에게 한마디 했다.

"오늘, 모두 수고 많았소. 내일은 인접 동네에 가서 양파 캐는 작업을 합니다. 혹시 못 나올 사람 있소?"

"……."

"그럼, 모두들 나오는 것으로 알고 있겠소. 그리고 더 데리고 올 사람 있으면 연락해서 함께 일합시다."

"……."

"반장은 오늘 나오지 않은 사람들에게 연락 해 보세요."

"예. 알겠습니다."

미니버스가 편도 2차로로 진입하자 속도가 제법 빨라졌다. 하지만 30분쯤 지나 도심 변두리 지역에 이르자 교통 체증이 심각해졌다. 퇴근 시간과 맞물려 있어서다.

나는 맨 뒷좌석 창가에 앉아 크고 작은 건물과 비닐하우스를 바라보며 생각에 젖어들었다.

3년 전에 마누라를 저 세상으로 먼저 보내고 홀아비 신세의 한탄스런 세월을 말이다. 애시 당초 경제적인 여유가 없었지만 마누라가 떠나고 나니 깊은 수렁 속으로 계속 빠져드는 느낌이었다. 빈속에 소주잔을 기울이며 보낸 6개월 동안의 허송세월은 나태해진 정신과 피골이 상접한 몸뚱아리를 남겼다. 그래도 목구멍이 포도청이라 밥벌이는 해야 했다.

그래서 1주일에 두세 번은 근로자 대기소를 전전하며 쌀과 김치와 라면을 구했고 반주도 한잔씩 곁들여오지 않았던가.

이런 가파른 내리막 인생이 언제까지 지속될지는 모른다. 하지만 희망 없는 여생에 대한 미련도 별로 없다. 바람 부는 대로 발길 닿는 대로 살다 가면 그만 아니겠는가!

창밖을 내다보며 이런 저런 생각을 하고 있는데 미니버스는 시내로 들어서서 벌써 몇 사람을 내려놓았다. 새벽녘의 출근길은 한 시간이었는데 저녁 무렵의 퇴근길은 두 시간 가량 걸렸다.

나는 미니버스에서 내려 터벅터벅 길을 걸으며 집으로 향했다. 골목길로 들어서자 조금 전에 켜진 가로등과 컹컹대는 동네 개들만이 반겨주는 듯했다.

몸은 비록 피곤하지만 1주일 분량의 양식을 얻었다는 생각이 내 자신을 달래주고 있었다. 초승달이 저 위에서 내려다보며 입가에 미소를 짓는 것처럼 보였다.

비·빚·빛

비

대지를 적시는 비는 일주일째 쉬지 않고 내리고 있다. 어제는 가랑비와 이슬비가 순한 양처럼 살포시 내리더니 오늘은 작달빈지 장대빈지가 세차게 쏟아지고 있다.

이러다가 여름 내내 비와의 전쟁을 치러야만 하는 걸까?

'삼 년 가뭄엔 살아도 석 달 장마엔 못산다'고 했는데 걱정이 쓰나미처럼 밀려오고 있다. 골목길 유리창을 타고 흘러내리는 빗줄기를 바라보던 영수는 깊은 시름에 잠겼다.

'나를 이 단칸방에 가둬놓고 굶겨 죽일 셈인가?'

며칠째 샤워도 하지 못해서 겨드랑이와 사타구니에 흐물흐물이가 기어 다니는 것만 같다. 그래도 '목구멍이 포도청'인지라 뭔가를 먹어야 했다.

영수는 싱크대 쪽으로 몇 발자국 옮겨 자그마한 밥통을 열어 보았다. 덕지덕지 눌어붙은 반 그릇 정도의 밥이 보였다. 밥통 옆 작은 냉장고 위엔 라면 두 봉지가 놓여있다.

잠시 생각에 잠긴 영수는 손잡이 달린 작은 냄비에 대충 물을 담아 가스레인지 위에 올렸다. 10분쯤 지났을까? 라면 가닥은 서로를 끌어안고 있다가 최후의 사망 선고를 받자 힘없이 널브러졌다. 젓가락으로 마지막 해체 작업을 한 영수는 혼잣말로 중얼거렸다.

'라면에 계란 한 알이 들어가야 제 맛인데…….'

다소 아쉬움을 뒤로 한 채 몇 가닥의 라면들을 입 속으로 집어넣었다. 그러면서 김치도 한 번씩 집어먹었다. 묵은 김치 조각과 라면은 환상의 복식조처럼 짝을 이뤄 여러 차례 왕복 운동을 했다.

그 동안에도 빗줄기는 기와지붕과 유리창을 세차게 때리면서 조금은 공포 분위기를 자아내고 있다.

민생고를 해결한 영수는 한 평 남짓의 방바닥에 덜렁 드러누웠다. 천장 한쪽 구석엔 갓난아기가 기저귀에 대한민국 지도를 그려놓듯 빗물이 젖어있다.

그러면서 산비탈 쪽방촌의 부질없는 하루 일상이 지나가고 있다. 천장을 응시하던 영수는 두 눈을 지그시 감고 처자식과 생이별을 한 후 홀아비 3년의 세월들을 재생이라도 하려는 듯이 되짚어 보았다.

여러 가지 사업이 실패를 거듭했다. 부모가 물려준 재산과 부유한 처갓집의 자금 지원으로 시작한 사업이었다. 그러나 세상 물정에 어두웠는지 계속되는 투자만 있고 결실은 별로였다. 시작할 땐 일시적인 현상이라고 믿었다. 하지만 점점 '밑 빠진 독에 물 붓기'였다.

그래서 부모님에게 손을 벌렸다. 거대한 의지를 꺾지 않으려는 듯 아버지는 아무 말 없이 자금을 지원해 주셨다. 나름대로 이리저리 발버둥 쳤지만 '언 발에 오줌 누기'나 다름없었다.

자존심이 구겨졌으나 또 다시 부모님에게 손을 벌렸는데 도움을 받지 못했다. 고민 끝에 장인어른을 찾아갔는데 의외로 반기셨다. 희망과 용기를 불어 넣어 주면서 생각보다 많은 금액을 선뜻 내주셨다.

대문을 나서면서 '기필코 성공하고야 말리라'고 다짐했다. 그러나 세상만사가 모두 내 뜻대로만 되는 것이 아닌 모양이다.

자금난에 허덕이던 영수는 아버지와 장인어른으로부터 각각

세 번씩의 도움을 받았다. 양가 모두 '이번이 마지막이다. 명심하라'는 최후의 통첩을 받은 것은 당연한 것인지도 모른다.

하지만 3개월이 지나자 부도냐 연명이냐의 갈림길에 섰다. 친구나 지인들도 모두 외면했다. 궁지에 몰린 영수는 고뇌에 찬 결단을 내렸다.

'사업과 나는 어울리지 않는 조합이다. 송충이가 솔잎을 먹어야지…….'

점점 수렁 속으로 빨려들자 아내도 외동딸을 데리고 친정으로 가버렸다. 더 이상 함께 살 수 없다는 결론을 내린 뒤였다. 자식 때문에 법적인 이혼은 할 수 없고 별거 하자는 일방적인 통보만 있었다. 이미 살고 있는 집도 경매 절차를 밟고 있는 중이었다.

영수는 모든 사업을 정리하기로 가닥을 잡았다. 사정사정 하다시피해서 거래처로부터 일부 결재를 받았다. 대략 2천만 원 정도 되었다. 그 중 천만 원을 생활비 명목으로 아내에게 줬다. 그리고 이 동네에 싸구려 단칸방을 얻었다. 이제 8백만 원 정도가 남았다.

그러던 어느 날, 영수는 새벽 일찍 농산물 도매시장을 기웃거렸다. 6월의 새벽 공기는 아직 선선했고 사람들은 한결같이 바쁜 모습이었다.

여기저기 둘러보던 영수는 저쪽에서 양파, 마늘, 감자 등을 앞에 두고 흥정을 벌이고 있는 것을 보게 되었다. 가까이 가 보니 경매 현장이다. 경매를 주관하는 자는 점쟁이가 주문을 외우듯 흥얼거리고 상인들은 언뜻 이해되지 않는 손동작으로 의사소통을 하고 있다.

한 품목에 대한 경매 절차는 20초도 채 걸리지 않았다. 최고가의 입찰자가 결정되면 또 다른 품목으로 옮겨갔다. 그렇게 해서 수십 개의 농작물 보따리들은 1시간도 되기 전에 모두 새 주인을 만났다.

영수는 뭔가 신선한 충격을 받은 듯 그 자리를 떠나지 않고 계속 지켜보았다. 잠시 후 낙찰자들은 중간 상인에게 다시 물건을 넘겼다. 대략 10% 정도의 이익을 남긴 채 말이다.

영수는 손바닥을 쳤다. '장사가 이런 거로구나!' 하며 감탄사를 연발했다. 중간상은 또 소매상에게 10%의 이익을 남긴 채 소유권 이전을 하게 될 것이다.

영수는 '저 물건들을 트럭에 싣고 다니면서 야채 장사를 해야겠다'고 다짐했다. 그래서 1톤짜리 봉고 트럭을 아주 싸게 샀다. 10년 이상 된 중고차였다. 남은 돈은 2백만 원인데 장사 밑천이다.

그 후로 1주일 동안 새벽 경매 시장을 기웃거리던 영수는 어떤 경매 낙찰자에게 접근했다. 그래서 50만 원 정도의 채소를 사서

천막이 드리워진 트럭 화물칸에 종류별로 보기 좋게 진열하였다.

그리고 동이 트기 전부터 동네 재래시장과 주택가 이면도로를 다니면서 물건을 팔았다. 물론 녹음된 테이프를 틀면서 말이다,

'양파 한 망에 3천 냥, 5천 냥! 감자 1kg에 3천 냥! 마늘 한 접에 2만 냥! 아주 싸게 드립니다.'

트럭은 거북이걸음처럼 서행하면서 짧은 광고 멘트를 연거푸 토해냈다. 영수는 나름대로 정한 상권 지역을 두루 돌아다니면서 팔았다. 퇴근 무렵엔 사람들의 왕래가 빈번한 지역에 차를 세워 놓고 장사했다. 제법 짭짤한 수익이었다.

소서와 대서가 들어있는 찌는 듯한 7월엔 수박, 참외, 복숭아, 자두 등의 과일도 팔았다. 농작물과 과일을 1주일 단위로 번갈아 가며 장사를 했다.

그렇게 한 달 동안 트럭 행상을 하다 보니 뭔가 느껴졌다. 저 밑바닥에서부터 새 희망이 솟구쳐 오르는 것이었다.

추석 무렵엔 전병煎餠을 팔았다. 전병은 찹쌀가루나 밀가루 따위를 둥글넓적하게 구운 음식을 통틀어 이르는 말이다. 주로 중·장년층이나 노년층 주부들이 사갔다. 젊은 친구들은 전병의 은은한 참맛은 고사하고 전병이 무엇인지도 잘 모른다.

추석이 지난 뒤엔 배추, 무, 시금치 등의 채소류를 팔았고 동절기엔 화물차로 변신하여 운송을 했다. 장거리 주행은 다소 부

담되기도 했지만 돈 버는 일이라 기쁜 마음으로 다녔다.

그러다가 꽃 피는 4월이 되면 봄나물을 비롯한 채소류를 싣고 다녔다. 어찌 보면 계절별 맞춤 서비스인 셈이다.

유리창을 때리던 빗줄기가 소강 국면에 들어갔다. 잠시 3년 동안의 일들을 주마등처럼 훑고 지나가던 영수는 왜 이 빗줄기가 스산하게 느껴지는지를 생각해봤다.

비는 대기 중의 수증기가 모여 있다가 물방울이 되어 땅으로 떨어지는 현상이다. 물방울이나 얼음 입자가 모여서 하늘에 떠 있는 것이 구름인데 물방울이 포함되어 있다고 한다.

약 10만개의 구름 방울이 뭉쳐야 1개의 빗방울이 되는데 지름 0.2㎜ 정도의 작은 물방울을 이슬비라고 하고 좀 더 굵은 것을 가랑비라고 한다.

그보다 조금 더 굵은 비는 보슬비이고 햇볕 아래에 잠깐 뿌리는 비는 여우비다. 비가 섞여 내리는 눈은 진눈깨비이고 천둥, 번개, 강풍을 동반하면서 갑자기 세차게 쏟아지다가 곧 그치는 비는 소낙비(소나기)다. 그리고 굵직하고 거세게 퍼붓는 비는 작달비 또는 장대비라고 한다.

지금 내리는 장맛비와 영수가 겪고 있는 일련의 과정들은 매우 유사하다. 영수는 햇볕이 쨍쨍 내리 쬐는 맑은 날, 여유 만만하게 사업을 시작했는데 점점 구름이 드리워지기 시작했다.

처음엔 낮은 고도의 뭉게구름인 줄 알았는데 점점 비구름과 소나기구름이 비를 뿌려댔다. 그로부터 양떼구름을 경유하여 10km 상공 이상의 새털구름에 이르러서 세찬 빗줄기가 쏟아지자 사업 자체가 흔들렸고 태평양에서 불어 닥친 태풍으로 인해 모든 것이 풍비박산 나버렸다.

그래서 영수는 이 비가 싫다. 싫은 정도가 아니라 증오한다. 지금도 1주일째 작은 사업을 방해하고 있질 않은가.

한 가지 희망 사항이라면, 지금은 쓰디쓴 눈물 비를 맞고 있지만 언젠가는 함박웃음 짓는 단비를 맞게 될 날이 오리라는 것이다.

빚

어떤 중년 가수가 '님'이라는 글자에 점 하나를 찍으면 '남'이 된다고 목청껏 노래 불렀다. 영수는 그 노랫말을 들으면서 자신의 처량한 신세와 같다고 한숨을 내쉬었다. 아내와는 별거로 인해 '님'이 아닌 거의 '남'인 상태가 되었고 이미 오래 전부터 '돈'이 '돌'로 변해 빚더미에 앉았기 때문이다.

이 '빚'에서 점 하나를 잘 찍어 '빛'이 되면 얼마나 좋겠는가!

후회와 미련을 남긴 영수는 트럭 행상 이전의 사업 기간 10년을 거슬러 올라갔다.

유통업에 대한 세부적인 지식도 없으면서 개업 팡파르를 울렸다. 그저 물건만 많이 팔면 되는 줄 알았다. 납품 후 결재까지 3개월부터 6개월의 유예 기간이 있는 줄은 몰랐다. 어떤 거래처는 찔끔 찔끔 결재하면서 1년을 끌기도 했다.

어찌됐든 거래처는 점점 늘어나는데 자금 회전은 더디다. 외상거래가 무난하기 때문에 찰거머리가 달라붙듯 했는지도 모른다. 하지만 물건을 들여올 땐 대부분 현금 결제다. 그래서 외상 빚만 산더미처럼 쌓여갔다.

처음 시작하기 전에 작은 건물을 샀는데 자금이 부족해서 제1금융권으로부터 담보 대출을 받았다. 그로부터 매달 이자와 1년 후엔 원금 분할 상환이 기다리고 있었다.

그렇지만 운영 자금이 우선이다 보니 대출건에 대해선 아예 신경 쓸 겨를이 없었다. 그러다가 2년차부터 경고성 노란불이 켜졌고 3년차엔 저만치에서 레드카드를 들고 나타나 퇴출인지 퇴장인지를 시키려고 안달이었다.

만약 부도가 나면 모든 것은 수포로 돌아가고 주머니엔 먼지

밖에 더 쌓일 것이 없다.

영수는 하는 수 없이 여기저기에 손을 벌리거나 돈 빌리기에 바빴다. 양가 부모와 형제, 친인척과 친구들까지 동원 되다시피 했다. 심지어는 제2금융권에서 비싼 이자로 돈을 빌려 은행 빚을 일부 상환하기도 했다. 때론 단기성 사채까지 끌어들였다.

막다른 골목에 몰리자 아무 미끼나 덥석 무는 꼴이었고 링거를 꽂은 채 수명을 조금 연장하기에 급급했다. 자연스럽게 빚잔치가 아닌 빚잔치로 이어졌다. 그래도 느긋하고 무표정한 세월은 아무 말 없이 강물처럼 흘러만 갔다.

그러면서 7년이란 세월이 지나갔다. 그해 크리스마스 무렵, 아내가 대책회의를 하자며 집 근처 호프집으로 끌고 갔다.

생맥주 500cc를 연거푸 두 잔을 들이켠 마누라가 입을 열었다.

"여보! 이 사업을 언제까지 할 건데?"

"……."

"왜 말이 없어? 무슨 계획이 있을 거 아냐."

"글쎄……."

"내가 비상금으로 모아둔 돈이 조금 있는데 작은 식당을 하고 싶어."

"그래? 무슨 돈인데……."

"출처는 묻지도 따지지도 말고 자기 생각을 말해 봐."

"잘 할 수 있어?"

"그냥 남들처럼 하는 거지. 밑반찬은 어느 정도 만들 줄 아니까."

"알아서 하구려. 나도 더 열심히 할게."

그래서 김치찌개, 된장찌개 등의 식당을 열었다. 오픈발 덕인지 처음엔 제법 손님들이 많았다. 그러나 3개월쯤 지나자 발길이 점점 줄어들었다. 시작할 땐 세 명의 종업원을 두었는데 인건비가 만만치 않았다. 그러다가 6개월 후엔 한 명으로 줄였다.

그때까지만 해도 현상 유지 수준이었는데 또 1년 후 빨간 신호등으로 바뀌었다. 적자를 면치 못한 것이다.

적자는 적자생존의 법칙으로부터 자유롭지 못한 것인가? 유통업과 요식업의 부부 사업체가 동시 다발로 휘청거렸다. 비틀거리면서 겨우 서 있다가 6개월 후에 파산 직전의 상황에 몰렸다.

'포기란 배추 다발 셀 때나 쓰는 말'이라고 자신만만하게 시작했던 10년 전의 굳은 신념들이 모두 무너지고 자포자기가 그 자리에 똬리를 틀고 앉았다.

중학생인 딸도 감수성이 예민해져 말이 없고 우울한 표정이다. 이미 건물은 경매 절차를 밟고 있고 거래처에선 나름대로 눈치를 보면서 돈 떼먹을 궁리만 하고 있는 것처럼 느껴졌다.

드디어 D-데이의 인천상륙작전이 전개되었다. 연합군은 적진

후방 깊숙이 들어와 포위 섬멸 작전을 시도했다. 그래서 적군의 전투력은 와해되었고 모든 물자는 공중분해 되었으며 살아남은 자는 백기 투항한 끝에 포로수용소에 감금 되었다.

영수와 처자식이 그랬다. 목숨을 부지할 최소한의 전투 식량만 휴대한 채 이산가족 대열에 합류하고야 말았다.

모든 것이 깨끗하게 정리되고 파탄이 난 그날 밤, 아내는 딸을 데리고 친정으로 가겠다고 했다. 이혼 서류에 도장은 찍지 않겠다는 조건이었다. 이를테면 별거 하자는 뜻이다.

영수는 뭐라고 항변 하거나 대꾸 할 수가 없었다. 패장이 무슨 말을 하겠는가. 그저 처분만 기다릴 뿐이지 않겠는가.

영수는 골목길을 빠져나가는 아내와 딸을 배웅하지 못했다. 대문 안에 서서 눈인사만 나눴을 뿐이다. 두 사람이 떠나고 난 뒤의 어두운 골목길을 달무리가 지키고 있었다. 무지개처럼 아름답지만 머지않아 비가 내릴 징조인가보다.

영수는 하룻밤을 더 묵은 다음 날 밤중에 1톤 봉고 트럭 용달차에 간단한 살림살이만 대충 싣고 야반도주 하듯 빠져 나왔다.

가을비가 추적추적 내리는데 받쳐줄 우산은 결코 없었다. 수많은 빚더미만 양 어깨를 짓누르고 있을 뿐이었다.

빚

유통 사업 10년과 요식업 3년, 그리고 현재의 트럭 행상 3년을 회상하던 영수는 현기증이 나려한다.

도대체 언제 어디서부터 잘못 되었는지도 잘 모른다. 그냥 평범한 기업체의 월급쟁이 사원으로 일했으면 지금까지 무난하게 살았으리라는 아쉬움이 남는다.

하지만 이미 엎질러진 물이다. 금융기관의 빚은 토지와 건물을 모두 처분해서 챙겨갔으니 거의 갚은 셈이다. 양가 부모와 형제들, 그리고 친인척과 지인들로부터 담보 없이 빌린 빚더미들이 눈에 아른거린다.

초점 잃은 희미한 눈동자로 천오백 원 하는 소주병을 무심코 바라보던 영수는 약간 떨리는 입술 사이로 엷은 미소를 짓는다.

'소주 한 병이 이렇게 싸다는 것과 라면 한 봉지가 천원도 안 된다는 사실을 언제부터 알았지?'

영수는 스스로 자책성 질문을 해댔다. 그리고 불과 3~4년 전이라는 사실을 알게 되었다. 세상 물정을 잘 모른 채 뜬구름 잡듯이 허둥대는 사업으로 일관했던 지난날들이 자꾸만 채찍으로 다가온다.

소주 한 잔을 더 걸치고 라면 국물을 들이켠 영수는 무심결에 골목 창밖을 바라본다. 빗줄기는 이미 멎어있고 먼동이 트려한다. 금세라도 한 가닥 빛줄기를 내리 쏠 것만 같다.

영수가 사업을 시작할 때 장밋빛 무지개를 연상하며 쨍하고 해 뜰 날만을 고대했다. 빨주노초파남보 등 형형색색의 빛깔들이 자신을 에워싸며 왕관을 씌워줄 것으로 믿었다.

개업 후 6개월까지는 태양풍의 입자가 지구 대기 중의 전자와 충돌해 발광하는 오로라로 인해 영수를 기쁘게 하기도 했다.

하지만 그때부터 빛의 굴절 현상이 일어나기 시작했다. 공기 중의 빛은 초속 30만㎞로 퍼져 나가는데 물속에서는 초속 23만㎞로 속도가 확 줄어든다. 또한 분산과 반사를 거듭하면서 쇠퇴의 길로 접어들었다.

그러다가 하늘에 펼쳐진 거미집인 번개와 함께 요란한 천둥소리가 나면서 공포의 나락으로 떨어지기 시작했다.

설상가상으로 벼락까지 떨어져 새카맣게 타들어갔다. 결국 미소 짓는 태양광은 잠시 희망을 안겼을 뿐 천둥 번개와 벼락으로 인해 울부짖는 절망의 늪으로 빠져들게 하고야 말았다.

골목길의 가로등이 하나 둘씩 꺼지고 이웃 주민들이 출근길에 나설 무렵, 영수는 몽롱한 상태로 방바닥에 드러누웠다. 내친 김에 오늘까지 푹 쉬고 내일부터 영업을 재개 하리라고 생각했다.

꽃무늬가 그려진 천장 벽지는 빗물과 어우러져 부조화를 연출하고 있다. 꽃무늬 사이로 아내와 딸의 얼굴이 스쳐 지나갔다. 연초에 양가 부모님께 세배한 이후로 아직까지 얼굴을 보지 못했다. 보고 싶은 마음보다는 어떻게 살고 있는지가 더 궁금했다.

영수는 별거하기 시작한 3년 전부터 매달 지정된 날짜에 생활비 명목으로 소액을 송금해왔다. 하지만 그것만으론 부족할 것이다. 그래도 단 한 번의 추가 송금 요구를 하지 않았다. 영수는 천장을 바라보며 처자식을 그리다가 스르르 잠이 들었다.

석양의 노을빛이 아내의 새하얀 눈빛과 쌍벽을 이루고 있다. 붉게 타오르는 듯한 노을빛은 최후의 불꽃을 피우려 하고 있다.

쌍꺼풀이 진 아름다운 아내의 눈빛은 원망과 질타를 동시에 발산하고 있는 것처럼 보였다. 그래도 검은 눈동자의 한쪽에 희미한 연민의 빛이 보이기도 했다.

염라대왕의 서슬 퍼런 눈빛도 보였다. 천당과 지옥문을 사이에 두고 서성이고 있는데 꾸짖는 소리가 들렸다.

"네 이놈! 그리하고도 태평스런 삶을 누리고 있더란 말이냐?"

깜짝 놀란 영수는 머리를 조아리며 읊조렸다.

"대왕님! 오뚜기처럼 일어나 꼭 성공해서 모든 빚을 청산하고 내 인생의 화려한 빛 축제를 열겠나이다."

"네 말을 어찌 믿는단 말이더냐?"

"내 이름 석자와 처자식과 자존심을 걸고 굳게 맹세 합니다."

"으음! 다시 10년의 기회를 주마, 부디 이루기를 바라노라."

"감사합니다. 대왕님! 백골이 진토 되는 그 날까지 앞만 보고 뛰겠나이다."

영수는 1주일 동안 빗소리와 빛의 굴레에서 헤매다가 빛의 향연을 약속하며 꿈속을 거닐기 시작했다. 먹구름과 비구름은 이미 걷히고 새파란 하늘엔 이글거리는 태양 빛이 영수의 정수리를 하염없이 달구고 있다.

이방인

유 · 청소년기

나를 잉태할 때 어머니는 용이 승천하는 꿈을 꾸었다고 했다. 그래서 10개월 동안 태아 교육은 물론 연어알과 상어 지느러미 등 고급 요리를 즐겨 먹었다. 그리고 대한민국에서 다섯 손가락 안에 꼽는 유명한 산부인과 병원의 독방에서 출산하기에 이르렀다.

원장과 간호사들은 나의 어머니를 황후 떠받들듯 모셨고 나 또한 왕자 대우를 받으며 세찬 울음을 터트렸다. 20여개의 계열사를 거느린 대기업의 회장인 나의 아버지는 2~3일에 한 번씩 병원에 들렀는데 '황제 폐하 납시오!'를 방불케 했다.

나의 출생은 예수 탄생에 버금갔고 산부인과 개원 이래 최대의 경사였다고 전해 들었다. 특별 관리 간호사 두 명이 바짝 내 곁에 붙어 비서 겸 경호 업무를 수행했고 나는 퇴원 할 때까지 산부인과를 지배하기에 이르렀다.

이 때부터 온 세상은 내 차지였고 안하무인과 기고만장이 서서히 싹트기 시작했다. 퇴원 후 축구장 절반 크기의 우리 저택에서 두 명의 육아 담당 도우미들이 나의 일거수일투족을 체크하고 관리하였다.

나는, 별로 맘에 들지 않을 때 징징대기만 하면 만사형통이었고 수십 가지의 영양식을 즐겨 먹어 전신에 기름기가 번지르르하게 흐르기 시작했다.

그러다가 다섯 살이 되어 최고 시설의 유치원에 입학했는데 원장과 교사들은 나를 하늘처럼 떠받들었다. 운다고 팽개치고, 밥 안 먹는다고 두들겨 패고, 말 잘 안 듣는다고 벌주는 아이들이 그저 불쌍하게만 느껴졌다.

내가 울면 온갖 방법을 동원하여 달래기 바쁘고 밥을 잘 먹지 않으면 재빠르게 별도의 특별식을 만들었으며, 말을 잘 안 들어도 자유롭게 뛰어놀도록 했기 때문이다.

함께 생활하면서 장난삼아 다른 아이들을 한 대씩 때려도 전혀 문제가 없었으며 시끄럽게 원장실을 안방 드나들듯 해도 OK

사인만 낼 뿐이었다. 졸업식 날엔 뜻 모를 대상을 받았고 뭇 학부형들의 부러움을 온 몸으로 느끼기에 이르렀다.

드디어 초등학교에 입학하게 되었는데 이미 거액의 기부금을 바쳤기에 수석 입학의 영예를 차지했고 입학과 동시에 타이틀을 차지하는 챔피언에 등극하게 되었다.

그래서 6년 동안 줄곧 반장과 회장 등 왕관 같은 감투를 썼더니 점점 군림하는 황제 대열에 합류하게 되었다. 모든 학생들은 나를 위한 들러리 같은 존재였고 선생님들 또한 내 눈치 보기와 비위 맞추기에 혈안이 된 것처럼 보였다.

군림하는 왕자인 나는 빛나는 졸업장과 함께 중학교에 입학하게 되었다. 검정 교복에 교모를 쓰고 '황금산'이라는 명찰을 가슴에 달고 나니 조금은 어른이 된 기분이었다. 이때부터 태자 비슷한 신분이 되어 대내외에 과시하기에 이르렀다. 동료 학생들은 내 주변에서 굽신거리기 바빴고 교사들은 나를 떠받들기에 여념이 없었다. 행여나 다칠세라, 넘어질세라 노심초사 했고 서서히 내 눈치를 보기 시작했다.

나의 간덩이는 점점 부어갔고 전선을 진두지휘하는 지휘관처럼 행세하기 시작했다.

50여 명의 급우들 중 20% 정도만이 학원에 다녔고 80%는 학교 수업에만 충실하였다. 하지만 난 주요 과목에 대한 개인 과외를 받았다. 나름대로는 전공 분야의 엘리트들만 채용했는데 내 앞에서 주눅 든 모습을 보면서 짜릿한 쾌감을 느끼기도 했다.

사춘기에 접어들면서부터는 여자 과외 교사에게 성희롱 발언도 서슴지 않았으며 길거리의 예쁜 여학생들에게도 스스럼없이 농간을 부리기도 했다.

고등학생이 되어서는 더 수준 높은 과외를 받았고 부모 몰래 흡연과 음주는 물론 나이트클럽에도 서서히 드나들기 시작했다. 그러면서 '세상은 넓고 인생은 아름답다'는 생각을 하게 되었다.

어떻게 고교 3년 과정이 지났는지 모른다. 공부는 뒷전이고 자유와 쾌락이 앞자리에서 인도하는 대로 따라갔을 뿐이다.

그래서 중·고등학교 6년 과정이 대단원의 막을 내렸다. 그리고 이제 진흙탕 속의 자유를 만끽할 수 있는 상아탑 위에 올라서게 되었다.

태어날 땐 만인이 평등한지는 잘 모르겠으나 살아가는 데는 역시 금수저가 최고라는 생각이 뇌리를 떠나지 않았다.

청년기

나는 결코 SKY 대학교 (서울대·고려대·연세대)를 가지 못했다. 중·고등학교 때 공부를 게을리 했기 때문이기도 하지만 술과 담배와 여자를 가까이 했기 때문인지도 모른다.

그러나 일류 대학이 아니면 어떠랴. 캠퍼스를 누비면서 붙박이장처럼 화단에 핀 움직이지 않는 꽃들을 보면서 정서적인 안정을 취했고, 양귀비처럼 화사한 움직이는 꽃들을 보면서 마음이 설레는 것만으로도 흡족했다.

검정색 일변도의 교복을 입지 않고, 도시락을 싸 와서 점심시간에 교실에서 밥을 먹지 않아도 된다는 생각만으로도 충분한 자유를 누리고 있다는 느낌이 들었다.

한 단계 업그레이드 된 대학생이 되어 입학식과 오리엔테이션, 각종 축제와 MT 등으로 두 달이 지났다. 중간고사가 있었지만 볼펜 굴러가는 대로 평소 실력을 유감없이 발휘했다. C학점이면 어떻고 D학점인들 어떠랴. F학점을 여러 개 받아 쌍권총을 찬 서부의 사나이가 된들 또 무슨 상관이란 말인가.

그렇게 1학기가 순식간에 흘러갔다. 캠퍼스 내에는 외제를 비롯한 고급 승용차들이 많았는데 나도 그들과 합류하고 싶은 생각이 간절했다.

그래서 여름 방학 기간을 이용해서 운전 면허증을 따기 위한 필사적인 노력을 기울였다. '하면 된다!'는 신념은 두 달 만에 2종 보통 면허증을 취득하는 영예를 안았고 내 스스로도 무척이나 대

견스럽게 느껴졌다.

그리고 면허증을 발급 받은 날 황후인 어머니를 졸라 스포츠카를 현금가로 구입해 야타족이 되기에 이르렀다.

자연히 2학기부터는 순풍에 돛을 단 사공처럼 캠퍼스를 누비기 시작했다. 예쁜 여학생들을 조수석에 번갈아가며 태우고 금수강산 구경을 자주 다니다보니 금세 1년이란 세월이 사라져 버렸다.

2학년 때도 1학년 때와 변함없이 허송세월 비슷한 나날들을 보내다보니 신체검사를 받으라는 통지서가 날아들었다.

'그래! 대한민국 남자라면 모두들 군대에 갔다 오는데 반복되는 무료한 나날로부터 변화를 추구해보자'는 심정으로 입대를 결심했다.

헌법 제39조 1항인 '국방의 의무'를 수행하려 하니 가슴 속 깊은 곳으로부터 늠름한 생각마저 들었다.

306 보충대에서 부모와 요란스런 이별을 한 뒤 며칠 대기하다가 철원 땅 청성부대에 배치되었다. 그리고 6주 동안 사단 신병교육대에서 기초 군사 훈련을 받았다.

중대장과 소대장은 나를 신주 단지 모시듯 했고 신병교육대대장은 이틀이 멀다하고 나를 찾아와 안부를 물었다. 수료식과 더불어 신병교육대 정문을 나설 때 대대장과 중대장은 안도의 한숨을 내쉬는 것처럼 보였다.

그리고 소총대대로 명령이 났는데 누구나 거치는 필수 코스인 신고식 따위는 결코 하지 않았다. 오히려 내가 병장이나 상병들 군기를 잡기 시작했고 그러한 현상을 당연한 것으로 간주하기에 이르렀다.

급기야 나는 3개월 만에 연대 보일러병을 거쳐 6개월 후 사단 휴양소 관리병으로 보직을 바꿨다. 아마 '보이지 않는 손'에 의한 보직 변경으로 추측되었다.

그래서 각종 교육 훈련과 점호로부터 열외가 되어 군인인지 민간인인지 구분이 잘 안될 정도였다. 그렇게 한직에서 '세월아, 네월아!'를 외치다보니 토실토실한 통돼지가 되어갔다.

어쨌든 국방부 시계는 물레방아처럼 돌고 돌아 '떨어지는 낙엽도 피해 다닌다.'는 제대 말년을 거쳐 30개월 만기 전역의 순간이 다가왔다.

전역 하는 날, 기차역에서 사단장 주관하에 전역병 환송 행사를 하는데 나만이 작은 선물을 받았다. 사단 마크와 로고가 그려진 손목시계였다.

다시 대학교 3학년으로 복학했으나 공부와는 담을 쌓기 시작했다. 하지만 대를 이을 후계자가 되려면 대학 졸업은 필수였다.

그러다가 부모의 성화에 못 이겨 유학의 길로 접어들었다. 낙제점 수준의 내 실력으로 어떻게 해서 유학을 가게 되었는지는 전혀 알지 못한다.

내가 아는 것이라고는 미국의 OO주립대학교 2년 과정이라는 사실 뿐이다. 그러니까 전문 경영인이 되기 위한 학점을 따러 간 것이 아니라 바람결에 스쳐 지나가듯 스펙을 쌓으러 간 것이다.

50개 주洲에 우리 한국 땅의 100배인 광활한 미국에서의 생활은 물 만난 물고기 그 자체였다. 렌터카를 타고 현장 학습을 빙자하여 두루 두루 여행 다니기에 바빴다. 당연히 여자와 함께 말이다. 나이아가라 폭포에서 웅장함을 맛보기도 하였고 문화와 예술의 도시인 라스베이거스에서 광란의 밤을 보내기도 했다.

하지만 마약은 즐겨하지 않았다. 경험삼아 딱 세 번만 흡입했을 뿐이다. 방탕한 자유를 누리면서 조금은 사대주의에 물들기도 하였다.

그러다가 아쉬움을 남긴 채 2년 과정을 마치고 졸업장이 아닌 수료증을 들고 귀국길에 올랐다. 학사 졸업장은 국내에서 받으면 되니까 문제될 것이 없었다.

'세상은 넓고 할 일도 많다지만 쉬운 길을 놔두고 굳이 어려운 길을 힘겹게 갈 필요까진 없잖은가.'

내가 예수나 석가나 공자도 아닌데 말이다.

태어나서부터 학창 시절을 마무리 하고나니 서른 살 턱밑에 와 있었다. 나는 졸업과 동시에 아버지 회사의 제일 잘 나가는 계열사 과장으로 특채 되었다. 4년 동안 수강한 전 과목 A+은 기본이고 토플 성적 900점 이상 받아야만 응시할 수 있는 회사를 말이다.

그러니까 낙타가 바늘구멍을 뚫고 들어갈 정도의 실력을 쌓아야만 가능한 일을 난 그저 길거리에 떨어져있는 백 원짜리 동전 줍듯 입사했다. 그것도 평사원이 아닌 간부 사원으로 특별대우를 받은 것이다.

입사해서 복사기를 돌리거나 빗자루질할 필요가 없다. 커피 배달은 신입 여사원들이 알아서 하는 전담 업무가 아니던가.

나는 '경영자 수업'이란 미명하에 독방을 차지했고 차별화된 책상과 의자에 앉아 근엄한 자세로 벽시계가 빨리 여섯 시를 가리켰으면 하는 시간과의 전쟁을 벌였다. 그리고 1년 후엔 부장으로 특진했고 제2의 인생을 위한 결혼식을 올리게 되었다.

장년기

자연과 함께하는 야외 결혼식은 특별함 그 자체였다. 아버지의 후광을 업은 나는 수백 명의 하객들과 천여 개의 화한 속에 빠져 있었다. 특히 정부의 고위 공직자들과 대기업 총수들이 참석하여 자리를 더욱 빛내 주었다.

하늘은 더 없이 맑고 드높았으며 성골의 아들인 나는 모든 사람들의 축복을 받으며 웨딩마치를 울렸다. 그리고 신혼여행은 전세기를 타고 하와이로 떠났다. 태평양의 맑고 푸른 바다가 한없이 이어졌다. 다이아몬드 헤드에 올라가 하늘과 바다의 환상적인 그림을 직접 보면서 '지상 최대의 낙원'이란 생각이 들어 감탄사를 연발했고, 야자수들이 늘어져있는 와이키키 해변을 거닐며 왕자의 위상을 재확인 하게 되었다.

1주일 동안 하와이에서 신혼의 단꿈에 젖다보니 아예 이곳에 눌러 살았으면 하는 생각이 들기도 했다.

다시 일상으로 복귀하여 회사 업무를 시작했다. 이미 후계자라는 소문이 돌았기 때문이어선지 첫 출근 날부터 축하 인사를 받는 기쁨이 만만치 않았다.

'그래! 장차 이 그룹의 오너가 될 텐데 알아서들 잘 모셔야지!'

부장으로서의 업무 수행은 쉽지 않았지만 난 별로 관심이 없었다. 복잡한 실무를 익힐 필요도 없고 능력을 발휘해서 승진을 위해 발버둥 칠 필요도 없기 때문이었다. 오직 내가 하고 싶은 대로 할 뿐이다.

기획안을 만들 때 차장이나 과장이 작성한 것을 대충 조합해서 완성하면 되고 상무나 이사가 지시한 사항을 그대로 전달만 하면 그만이다. 굳이 문제를 복잡하게 만들 필요도 없을 뿐더러 맘에 들지 않으면 작은 목소리로 한마디 하면 만사형통이다.

그러다가 부장 생활 2년이 끝난 후 이사로 승진했고 때맞춰 우리 부부의 합작품인 나의 2세가 태어날 준비를 하고 있었다.

서른두 살에 이사로의 승진은 파격 그 자체였다. 아직 자녀를 키워보지도 못한 인생 햇병아리인데도 말이다.

하긴 북한의 김정은은 서른세 살에 권좌에 올라 이천오백만 명의 수장이 되지 않았는가. 거기에 비하면 별로 특별할 것도 없다.

하지만 이제 임원진의 구성원이 되었으니 복잡한 업무를 처리해야 한다. 또한 권력에 따른 권한도 대폭 늘어난 것은 사실이다.

'이사'라는 중책을 안고 출근하는 기분은 700m 고지에서 행글라이더를 타고 내려오는 것 못지않았다. 그러나 이사는 임원진의 제일 말단에 불과하다. 상무·전무를 거쳐 사장으로 승진하면 마지막으로 용상의 자리인 '회장'이 기다리고 있질 않은가.

이 회장 자리는 초·중·고를 다닐 때의 회장과는 근본적으로 다르다. 그때는 오직 학교 방침에 따른 학생들의 우두머리에 불과했다. 그러나 여긴 수십만 명의 직원들과 협력업체, 그리고 모든 가족들까지 합하면 수백만 명의 우두머리에 해당한다. 그 날이 언제 올지는 잘 모르지만 앞으로 10~20년 사이에는 이루어지리라.

나는 빙글빙글 돌아가는 회전의자에 앉아 이사로서의 업무 수행보다는 하루속히 회장 자리에 앉을 그 날을 상상하기에 바빴다. 그러면서 서서히 독선과 오만의 싹을 틔워나갔다.

내겐 운전기사가 딸린 고급 승용차가 배정되어 있다. 이를테면 용상이 저만치 보이는 원자元子를 출퇴근 시키고 원활한 업무 수행을 위한 회사 측의 배려였다. 그것보다는 후계자를 잘 보살피려는 아버지의 아들에 대한 애정 표현이었다.

운전기사는 정중한 태도로 업무에 임했다. 출근 30분 전에 승용차를 집 앞에 대기시켰고 퇴근시간에도 마찬가지였다. 그러나 6개월이 지나 1년쯤 되니 나의 비밀스런 행보가 운전기사에게 알려지기 시작했다.

'이러다가 덜컥 덜미가 잡히는 건 아닐까?'

생각이 여기까지 미치자 해고의 명분이 필요했다. 백미러로 나와 눈이 마주치는 것도 부담스럽고 때론 불쾌하게 느껴졌다.

"김 기사! 앞으론 백미러로 뒤 칸이 보이지 않게 하게."

"예?"

"나와 눈이 마주치지 않게 하란 말야."

"예. 알겠습니다. 이사님! 아니, 회장님!"

"회장은 무슨. 아직 멀었구먼."

하지만 이미 김 기사가 싫증나기 시작했다. 또한 내 사생활에 대한 비밀 유지도 힘들어졌다. 가끔 짜증나는 신호 대기와 U턴에 대한 운전이 못마땅하기도 했다.

"김 기사! 바쁠 때는 신호 무시하고 그냥 달려."

"예에? 그게 무슨 말씀입니까요."

"내 말대로 하란 말이야!"

"……."

"내 말 알아들었어? 지시한대로 하라니까. 씨팔!"

"알겠습니다. 그렇게 하겠습니다."

그로부터 2개월 후 운전기사를 해고시켰다. 한번 싫증나니까 영 못마땅해서다. 그보다는 내 사생활 보호 차원이라고나 할까? 그래서 새로운 기사를 고용했는데 김 기사보다 운전이 서투르다. 내 맘에 들지 않는다. 불만의 횟수가 점점 늘어나자 화풀이를 하기 시작했다.

"이 기사! 빨리 빨리 못가나?"

"아～예. 그렇게 하겠습니다."

"에이, 짜증나. 운전 실력이 거지 같구먼."

"……."

"또 다시 내 맘에 거슬리면 각오해."

"……."

그러다가 1주일 후에 불미스런 일이 발생했다. 비보호 좌회전을 하다가 1톤 봉고 트럭과 충돌하고 말았다. 급기야 나는 이 기사의 머리통을 쥐어박고 정강이를 걷어 차버렸다.

"오늘부로 해고야. 알아?"

"죄송합니다. 이사님!"

"죄송이고 뭐고 왜 그렇게 운전을 못해?"

"거듭 죄송……."

"시끄러워. 잘 생기지도 않은 게 운전도 못해."

그래서 이 기사는 해고당했다. 물론 폭행과 폭언에 대한 사과나 보상은 전혀 없었다. 그래도 후환이 두려웠던지 조용히 물러났다.

이사理事는 일처리를 잘 해야 하는 것인가. 회사 저온 창고에 유효 기간이 빠듯한 우유 재고가 넘쳐나고 있었다. 나는 어떻게 처리해야 할 것인지 고민하다가 해법을 찾아냈다. 초강경 대책이다.

"무조건 물량 받아."

"우리 지사나 대리점에도 넘쳐나는데요."

"죽고 싶어? 죽기 싫으면 잔소리 말고 받아."

"……."

"우유 사업하기 싫어? 처리는 지사에서 알아서 해!"

"……."

"그리고 제 때에 입금하지 못하면 죽을 줄 알아."

지사나 대리점에서는 '울며 겨자 먹기'였지만 벌여놓은 사업이라 어쩔 수 없이 따르고 있었다.

그런 일이 있은 후 6개월쯤 지났을까? 새로운 회사를 계열사로 인수하는데 작은 문제가 생겼다. 전 회사 직원들을 고용 승계하는데 있어서 화물 연대 탈퇴와 재가입 금지를 전제 조건으로 내세웠다. 그런데 탱크로리 지부장 한 사람이 끝까지 서명 날인을 하지 않아 화가 머리끝까지 치솟았다. 급기야 그 직원은 회사로 소환 되었고 난 야구 방망이를 준비했다.

"끝까지 화물 연대 탈퇴를 못한다고?"

"그렇습니다."

"내가 그 탱그로리를 사지."

"그렇게 해 주시면 고맙지요."

"그러나 지시에 따르지 않은 대가는 받아야지."

"그게 무슨 말씀이십니까?"

"야구 방망이 한 대에 백만 원이다."

"예?"

"빨리 엎드려!"

나는 야구 방망이로 10대를 내리쳤다. 얻어맞던 지부장은 '살려달라'고 애원했으나 내 귀에 들어오지 않았다.

"좋아! 지금부터 한 대에 삼백만 원이다."

"제발, 살려주세요."

나는 더 세게 세 대를 내리쳤다. 그런 다음, 탱크로리 오천만 원과 맷값 이천만 원을 지불했다. 돈이 아깝다는 생각보다 그저 통쾌한 생각이 들었다.

나의 적극적이고 활발한 일처리 덕분인지 상무常務로 승진했다. 이사 생활 3년만이다. 상무는 회사의 일반적인 업무에 대해 전반적으로 책임지는 자리다. 굳이 공무원에 비유하자면 부이사관이나 군인의 준장, 경찰의 경무관에 해당한다. 상당히 중차대한 임무를 수행해야만 한다.

그러나 나는 권좌에 오르기 위한 하나의 디딤돌에 불과하다고 생각하고 있었다. 어찌됐든 상무가 되어 현장을 돌아다니다 보면 일처리를 잘 못하는 경우를 보게 된다. 나는 망설임 없이 질책하곤 했다.

"어이, 김 부장!"

"예, 상무님!"

"일을 그 따위로 밖에 하지 못하나"

"예?"

"머리를 왜 달고 다니는 거야. 생각 좀 해."

"예. 알겠습니다."

"영 맘에 안 들어. 그만 두던지 원!"

"……."

때론 손가락으로 이마를 밀어 제치고 옆구리를 찌르기도 했다. 화가 나면 정강이를 걷어차는 것도 서슴지 않았다. 그러면서 입지를 넓혀 나갔다.

그럭저럭 2년 동안의 상무 생활을 마치고 전무專務로 승진하여 회사 경영 전반을 책임지게 되었다.

나는 계열사인 광고 회사를 방문했다. 그리고 일을 잘 못한다고 생각된 직원에게 물컵을 들어 가슴에 뿌려버렸다.

이제 사장만 거치면 바로 용상이나 다름없는 회장 자리에 앉게 된다.

'부회장'은 생략해도 별 문제가 없으니 9부 능선을 올라 선 것이나 다름없고 곧바로 고지 정상이다.

그렇게 전무로서 직무를 수행한지 2년 남짓 되니까 내 나이도 불혹의 마흔 살 턱 밑이다. 그리고 사장으로 승진했다.

떡볶이나 치킨 등 구멍가게를 차려도 사장이요 종업원 다섯 명을 데리고 건설업에 종사해도 사장이다. 하지만 그런 사장과는 차원이 다르다. 종업원만 5천 명이 넘는 대규모 사업체이기 때문이다.

내가 사장 자리에 앉아 회전의자를 빙글 빙글 돌리고 있을 무렵에 세월호가 침몰했다. 그래서 탑승자 476명중 304명이 사망하고 172명이 구조되는 초대형 참사가 벌어지고 말았다.

급박한 그 시간에 1년 계약직 선장은 잠을 자다가 팬티만 입은 채 허겁지겁 탈출했다. 해경은 출동했으나 신속한 구조는커녕 우왕좌왕 하기 바빴다. 오히려 주위의 민간 선박들이 생존자 절반 이상을 구조하기에 이르렀다.

나와 세월호는 별개다. 나는 내 회사만 잘 이끌어가면 되기 때문이다. 사장은 큰 틀에서 끌고 가면 된다. 아랫사람들을 잘 활용하여 채찍질을 가하면 된다. 굳이 당근까지 또 줄 필요가 없잖은가.

따라서 출근 후 퇴근까지 여유로운 시간이 많다. 때론 지루하기까지 하다. 여비서가 드나들며 음료와 과일을 제공하니 입도 심심치 않다. 날마다 쭉쭉빵빵의 여비서를 보니 은근히 흑심이 생긴다.

나는 어느 날, 여비서와 단 둘이서만 근사한 저녁 만찬을 즐겼다. 그리고 그윽한 향이 풍기는 와인도 들이켰다. 그런 다음에 호텔로 유인을 시도했다. 하지만 여비서는 내 손을 뿌리치고 도망갔다. 나는 잠시 쫓아갔으나 역부족이었다. 잡히지 않겠다고 필사적으로 도망치는 사람을 잡을 수는 없었다. 더군다나 나는 사장이지 않은가. 그래서 체면이 구겨진 채 미수에 그치고 말았다.

나는 다음날 여비서를 해고 시켰다. 아니, 사표를 쓴 뒤 스스로 퇴사하고 말았다. 자존심이 조금 구겨졌으나 별 문제는 없었다.

그로부터 두 달쯤 지났다. 퇴근길에 회사 주차장을 빠져 나가는데 경비원이 인사는커녕 제때에 차단기를 올리지 않았다. 그렇지 않아도 큰 계약 건이 연기 되어서 마음이 싱숭생숭 하던 차였다.

잠시 후 경비원이 차단기를 올리고 거수경례를 했으나 나는 화가 치밀어 차에서 내렸다. 그리고 한 때 배웠던 태권도 실력을 유감없이 발휘했다. 안면과 복부, 정강이가 샌드백 역할을 했다. 그러자 스트레스가 조금 풀렸다.

나는 시간이 조금 지연된 이유는 묻지 않은 채 '해고당하지 않으려면 똑바로 해!'라는 한마디를 남기고 차에 올라탔다. 나는 대한민국의 대표적인 금수저가 아닌가. 그것도 진골이 아닌 성골 출신이란 말이다.

사장인 나는 일주일에 한 번씩 현장을 순시한다. 그런데 내 눈에 비친 현장 직원들의 일하는 모습들이 맘에 들지 않는다. 신속, 정확해야 하는데 D학점 수준이다. 속도보다는 정확성을 필요로 하는 공정인지는 잘 모르지만 슬슬 화가 치민다.

그래서 '내가 인간 조련사'라며 직원들의 엉덩이를 걷어차고 머리를 쥐어박았다. 너덧 명쯤 된 것 같다. 그러자 육상 선수처럼 빨라지기 시작했다.

'짜식들! 진작 그렇게 좀 하지.'

나는 스스로를 위로하며 현장을 빠져나왔다.

그렇게 사장 자리에 앉아 일한지 5년쯤 될 무렵에 회장이신 부친께서 쓰러지셨다. 자연스럽게 정권 교체하듯 회장 자리에 올랐다. 내 나이 마흔 다섯에 거대 그룹의 총수가 된 것이다.

감개무량하고 감회가 새롭다. 하긴 박정희는 이 나이에 5·16 쿠데타로 집권하여 18년 동안 대한민국을 쥐락펴락 하지 않았는가. 따지고 보면 대이변도 아니다.

회장이라는 자리는 가만히 앉아있기만 해도 되는 자리다. 열심히 일하는 유능한 참모들이 많기 때문이다. 대신 방향과 속도를 잘 정해줘야 한다. 사공이 많으면 배가 산으로 가지만 단 한 명의 사공이 노를 잘못 저으면 모두가 몰살당하기 십상이지 않은가.

나는 하루 종일 이 자리에 오르기까지의 과정을 되짚어봤다. 성골 출신의 금수저, 아니 다이아저로부터 유아기와 청소년기, 그리고 장년기까지를 말이다. 그리고 작은 결론을 내렸다.

'역시 근본이 중요해. 콩 심은데 콩 나고 팥 심은데 팥 나지, 암!'

회장 취임식은 15년 전의 결혼식만큼이나 성대하게 치러졌다. 이 순간만큼은 천하를 움켜 쥔 느낌이다. 부친의 운명이 애석하긴 해도 그 반대급부로 용상이나 다름없는 자리를 차지했으니 기쁘지 아니한가. 또한 내 마음 깊은 곳에서부터 이 날이 오기만을 얼마나 기다렸던가. 세 남매를 둔 가장이자 수십만 명의 종업원을 거느린 뿌듯함은 말로 형용할 수 없는 환희 그 자체였다.

나는 스물 두 개의 계열사 현황보고를 받고 업무 파악에 들어갔다. 무슨 대책 마련이라기보다는 각각의 회사 업무 분야를 점검하고 지배 구조를 확인해보는 형식적인 절차에 불과했다.

부친의 부재로 인해 여러 가지 잡음도 만만치 않다. 경영권 승계에 따른 형제간의 갈등, 상속세 문제, 유산 분배 등이 미묘한 양상으로 치달았다.

어쩌면 법정 투쟁으로까지 비화될지도 모른다.

'피는 물보다 진하지만 돈은 피보다 더 진하다'고 하지 않던가.

그러면서 5년이란 세월이 흘러갔다. 이제 나 또한 반세기 문턱을 막 넘어선 지천명知天命의 나이가 된 것이다.

하늘의 뜻은 무엇일까? 앞으로 20년 이상 그룹 총수 노릇을 하다가 아들에게 전권을 이양하는 것이리라.

그렇다면 무엇보다도 건강해야 한다. 어느 전직 대통령도 '머리는 빌릴 수 있지만 건강은 빌릴 수 없다'고 하지 않았던가.

건강을 유지하기 위한 가장 좋은 운동은 골프가 아닌가. 구름 한 점 없는 푸른 하늘과 새파란 잔디와 일심동체가 되어 힘껏 스윙을 하다보면 모든 잡념과 오물 찌꺼기들이 날아가는 느낌이다. 또한 한데 어우러져 사업이나 세상사를 논할 수 있으니 일석이조가 아니고 무엇인가.

그룹 총수인 내 말 한마디면 마누라를 빼고 모두 바꿀 수 있다. 그만큼 절대적인 권력과 권한을 쥐고 있다는 뜻이다. 그러다가 회갑이 9부 능선을 넘어서자 딴 주머니가 필요하다는 걸

느꼈다.

상장사의 자금을 마음대로 쓸 수 없으니 편법이 필요했던 것이다. 그래서 자금 담당 관계자를 조용히 불렀다.

"긴히 할 말이 있소."

"무엇이옵니까, 회장님!"

"비자금이 필요한데 어떻게 하면 되오."

"해외에 위장 회사(페이퍼 컴퍼니)를 차려놓고 수출하는 것처럼 하면 됩니다."

"그래서요?"

"송금한 돈을 세계 여러 비밀 은행을 거쳐 다시 회수하는 겁니다."

"이를테면 돈 세탁이란 것이오?"

"그렇습니다. 감쪽같이 처리하면 됩니다요, 회장님!"

"으음, 옷 세탁만 하는 것이 아니라 돈 세탁도 한다?"

"대부분의 그룹들이 관행처럼 그 방법을 동원합니다요."

"알겠소. 그리 합시다."

나는 은퇴 후의 여생을 편히 지내기 위해 별도의 주머니를 차기 시작했다. 한국은행에서는 전체 돈을 찍어내는데 우리 그룹에서는 한국은행 지점을 개설한 셈이다.

어느덧 회장에 취임한지도 10년이 되어간다. 강산은 크게 변하지 않았지만 세상은 급속도로 변해가고 있다.

인공지능AI, 사물 인터넷IOT, 가상현실VR, 자율 주행차 등 정보 통신 기술ICT의 융합으로 이뤄지는 차세대 4차 산업혁명이 기지개를 켜고 있기 때문이다.

이러한 시대 변화에 순응하려면 기업체도 변신해야만 살아남는다. 나로서도 시대의 변혁을 고민하지 않을 수 없다.

그런 시점에 최순실 게이트가 터졌다. 대한민국 국정은 두 여인네가 난장판으로 만들었고 결국 최초의 여성 대통령이 탄핵 당해 권좌에서 물러났다.

수십 년 전, 대통령의 조련사 역할을 했던 최태민 목사의 딸인 최순실이 대를 이어 받아 부녀 조련사가 된 것이리라.

나의 아버지는 그 동안 대통령이나 후보들에게 보험금 명목의 정치 자금을 차등 지원했기에 별 문제는 없었다. 하지만 언론은 재벌들의 정경 유착을 내버려두지 않았다. 또한 시민 단체 등 범국민적인 저항운동이 전개 되었다.

몹시 춥고 암울하다. 그래도 내가 떠안고 가야 할 나의 운명이질 않은가. 성골 출신의 대표 금수저가 겪어야 할 최대 난관이다. 하지만 어떻게든 극복해 나가리라 다짐해본다.

'강자가 살아남는 것'이 아니라 '살아남은 자가 강자'이듯 말이다.

노년기

세월 앞에 장사가 없는 것인가, 아니면 쏜 살을 넘어 쏜 미사일처럼 재빠르게 흘러가는 것인가. 세월이 수상하여 세월호가 침몰했고 세월이 1년에 한 번씩 배 두드리며 한 살 한 살 먹다보니 내 인생도 60여년이란 세월이 흘렀다.

더불어 내가 수백만 명의 우두머리격인 회장 자리에 앉은 지도 금세 20년이 지나버렸다. 그래서 노인 그룹 대학의 신입생 대열에 서서 무상 입학을 기다리고 있다.

65세가 되면 누구나가 노인으로 불린다. 우리나라는 현재 고령 사회지만 몇 년 후엔 인구 중 65세 이상이 20%가 넘는 초고령 사회가 된다.

인구 4명이 1명을 먹여 살려야 하는 시대가 도래하는 것이다.

노인이 되면 여러 가지 혜택이 많다. 노인들 중 70%가 기초 노령 연금 30만 원을 받고 국민건강보험료도 10~30% 경감된다. 지하철은 모두 무료이고 국내 항공료는 10% 할인 받으며 여객선은 20%의 할인 혜택이 주어진다. 또한 KTX나 새마을 호 등 기차를 이용할 때도 30% 할인 된다. 국립미술관과 박물관, 국립공원은 무료입장이고 틀니나 임플란트도 30%의 비용만 지불하면 된다. 복지 혜택이 잘 되어서인지 그런대로 노년을 무난하게 보낼 수 있다.

하지만 나와는 너무나도 거리가 먼 딴 세상 이야기다. 나는 대한민국의 열 손가락 안에 꼽히는 황족이나 다름없지 않은가.

집무실을 서성거리던 나는 '회장 황금산'이란 고급스런 명패를 바라보았다. 그러면서 내 자신에게 물음표를 던졌다. 떳떳하고 자랑스럽게 살아왔는지를 말이다.

나의 할아버지는 두 주먹 불끈 쥐고 창업하여 직접 벽돌을 쌓고 페인트칠 해가며 공장을 지었다고 했다. 그래서 회사를 점차 성장시켰고 세상에 조금씩 알리기 시작했다.

나의 아버지는 기반이 다져진 회사를 물려받아 더 확장시켜 여러 계열사를 거느린 회장 자리에 올랐다. 반면, 나는 진수성찬의 밥상에 양반 자세로 앉아 금수저와 금 젓가락으로 이것저것 맛있는 음식을 집어먹기만 했다.

조실부모하여 10살 때부터 가장 노릇 하느라 추위와 배고픔을 참아가며 돈벌이를 해본 적도 없고, 어떻게든 고등학교라도 졸업하기 위해 주간에는 열심히 일하고 밤에는 상업고등학교를 다니면서 학구열을 불살라 본 적은 더더욱 없다. 돈도 배경도 없는 탓에 군대에서도 155마일 최전선에서 발을 동동 굴려가며 철통 경계 근무를 해야만 했던 대다수 청년들의 한 맺힌 설움을 경험해

보기는커녕 상상조차 해본 적이 없다.

낙타가 바늘구멍을 뚫고 지나갈 정도의 좁은 취업문을 통과하여 온갖 수모를 감수하고, 눈치를 살펴가며 봉급과의 처절한 사투를 펼쳐보지도 않았다.

비바람과 눈보라가 몰아치는 거친 들판에서도 어떻게든 살아남아 집념의 꽃을 피우고 종족 보존을 위한 토실토실한 씨앗을 맺는 잡초 보다는, 따스한 온실 속에서 주인장이 주는 물과 고급 영양분을 먹고 쑥쑥 자라는 화초처럼 살아오지 않았던가.

그것도 부족해서 은퇴 후의 찬란한 노후를 위해 세금을 포탈하고 비자금을 조성하여 세계 각지의 비밀 은행에 예치 해놓고, 우리 집 안방 금고에도 복제된 신사임당을 가득 채워놓지 않았는가.

아담과 이브가 살았던 태초에는 지상낙원이었다. 에덴동산에서 실오라기 하나 걸치지 않은 알몸으로 살면서 수치심도 모른 채 사방에 널린 과일을 따 먹기만 하면 되었다. 이를테면 원시 공산 사회였다.

그러나 자식들을 낳으면서 시기와 질투가 생겨나고 소유욕이 불거지기 시작했다. 그래서 내 뱃속을 채우기 위해 사기, 공갈, 협박, 폭행, 살인 등이 서서히 고개를 내밀었다.

피를 나눈 형제들끼리도 물욕 앞에선 폭력은 물론이고 법정 싸움도 불사하는 치열한 승부를 펼친다. 그러하니 이웃이나 사회는 어떠하랴.

250년 전, 증기의 발명으로 대량 생산이 가능해진 1차 산업혁명과 그로부터 1세기 후 전기 발명으로 더 가속화된 2차 산업혁명, 그리고 반세기 전의 인터넷 발명으로 더 다양해진 3차 산업혁명에 이어, 최근에는 정보통신기술ICT의 융합에 따른 4차 산업혁명이 진행되고 있다.

그래서 자본주의 사회는 등급화와 차별화로 인한 빈익빈 부익부의 양극화 현상으로 치닫고 있질 않은가.

이른바 부르주아지로 불리는 지배층이나 부유층은 특권의식이 넘쳐난 고자세와 백인 우월주의 같은 가면을 쓴 채 군림하는 군주처럼 행세한다. 반면, 프롤레타리아트로 불리는 피지배계층이나 서민층은 복종과 맹신에 기인한 노예근성이 점점 몸에 배여 어떻게든 살아남기 위해 발버둥 치지 않는가.

백성들의 혈세로 만들어진 무대 위에서 화려한 G-20 잔치가 벌어지고, 바로 무대 뒤에선 쪽방 한숨이 절로 나오며, 깔세(1년치 월세를 한꺼번에 내고 매달 까 나가는 사글세)도 못내 움막 같은 집에서 원시인처럼 살아간다.

또한 방음시설이 전혀 안 된 한 평 남짓의 고시원에서 숨죽이며 삶을 연명해 나간다. '밥은 먹었어? 속상해하지 마'라는 자살 예방 캠페인이 걸려있는 마포대교는 오히려 자살 명소가 되어 희생자가 다섯 배로 껑충 뛰었다.

산업혁명 이전부터 주·종 관계는 이미 형성되어 왔다. 왕, 제후, 기사, 농노가 철저한 상명하복 체제로 구축되었었다. 산업혁명 이후에는 회장, 사장, 전무, 부장 등 직책이나 직급에 따른 서열화가 정착 되었다.

그리고 3차 산업혁명 이후 한반도 남쪽에선 갑을甲乙 관계가 고개를 내밀었다. 계약이나 업무 추진상 주최 측이나 유리한 쪽이 갑甲이요 상대방이나 불리한 쪽이 을乙이다.

그런데 미세한 차이의 형식적인 구분이 크나큰 반향을 불러온다. 이른바 갑질이다. 협박과 폭행도 서슴지 않는다. '목구멍이 포도청'이라 을은 일방적으로 당하기만 한다. 반면, 을질이란 단어는 눈 씻고 찾아봐도 없다. 그래서 '을의 남편은 인터넷'이란 말과 현상이 등장한다. 힘없는 다수들끼리 똘똘 뭉쳐 '갑'에 대항하자는 의미다.

불편부당이나 증오의 종언을 위한 을의 반란은 시대정신인지도 모른다.

우리 역사를 거슬러 올라가 봐도 많다. 홍경래, 전봉준, 안중

근, 김구가 그랬고 3·1운동(1919)과 4.19혁명(1960), 5·18 민주화운동(1980), 6월 항쟁(1987), 촛불혁명(2016)이 뒷받침 했다.

동녘에 햇살이 비치면 피 끓는 청춘들은 각자의 일터로 향하거나 학구열을 불사르기 위해 분주한 하루를 시작한다. 하지만 추풍낙엽 같은 노인네들은 마지막 잎새를 붙잡고 매달리기 일쑤다.

경로당이나 노인정에 삼삼오오 둘러앉아 옛 이야기 꽃 피우며 추억을 회상하기도 하고 장기나 바둑을 두며 애써 여유로움을 보이려 한다.

때론 횡단보도에서 파란불일 때만 고지를 점령한 듯 붉은 깃발을 내세우는 교통 안내 도우미도 있고, 관급 쓰레기봉투와 집게를 들고 길거리 청소를 하며 밥벌이와의 전쟁을 펼치기도 한다.

회장직을 내려놓고 명예 회장 겸 고문이란 직책을 물려받은 나는 전속 비서의 보호 아래 고급 승용차를 타고 인천 국제공항으로 향한다. 오늘은 도쿄에서 태평양을 바라보며 18 라운딩을 한·뒤 간단한 식사로 샤스핀과 스시를 먹고 돌아올 것이다.

내일은 제주도로 향해 성산봉에서의 일출 감상과 올레길 드라이브의 일정이 계획되어 있다. 그리고 3일 후부터 1주일간 동남아 순방 여행을 마치면, 다음 달엔 하와이를 비롯한 중남미를 둘러보고 올 예정이다.

또한 건강한 노년을 위해 불로초, 선인장, 백년초 등 불로장생 식품을 꾸준히 복용해 나갈 것이다. 그래서 백세 시대의 충성스러운 구성원이 되어 끝까지 완주하고야 마는 당당한 정규 회원이 되리라.

그래도 걱정스러운 일이 한 가지 있다면 재벌 3세인 나의 후손들이 과연 언제까지 굴지의 재벌 집안으로 유지시켜 나갈 것인지, 아니면 4세나 5세 때에 대책 없이 흥청망청 쓰고 방치하여 뼈대만 앙상하게 남은 폐가로 전락시킬 것인가에 대한 불확실성이다.

사우디아라비아의 석유 재벌이 다음과 같은 말을 남겼다고 한다.

'내 아버지는 낙타를 타고 다녔고 나는 자동차를 타고 다닌다. 내 아들은 비행기를 타고 다니겠지만 내 손자는 다시 낙타를 타고 다니게 될 것이다.'

매장 되어 있는 한정된 석유가 고갈될 것을 예측한 말이다. 기우일지 모르지만 나 또한 비슷한 개념의 생각이 나를 두렵게 한다.

미확인 비행물체UFO는 금성에서 날아온 건지 화성에서 접근해 온 건지 잘 알지 못한다. 지구에 사는 인구보다 30배 더 많은 2천억 개의 별이 존재하니 검증은 불가능하다. 하지만 이 우주엔 지구인뿐만 아니라 외계인도 존재한다는 사실이 거의 확실해 보인다.

또한 지구 내에서도 대다수의 정상인과 일부의 비정상인이 함께 어우러져 산다. 비정상인들은 비행접시를 타고 온 외계인들과의 합작품인지도 모른다. 비록 눈이 열 개이거나 팔다리가 수십 개는 아니더라도 정신과 사상만큼은 범인凡人의 상상과 추측을 초월한다. 황금만능주의와 우월 사상이 뼛속 깊이 사무친 금수저와 귀족들이다.

그래도 지구는 둥글고 하루는 24시간이며 1년 열두 달 365일이다. 그리고 하루 세끼 똑같이 먹고 살아간다.

태어날 때는 만인이 법 앞에 평등한지는 모르겠으나 태어난 후엔 천차만별의 불평등이 상존한다.

하지만 오늘도 뜬구름과 안개와 눈비가 한데 어우러져 떠도는 세상사를 살아가야만 한다. 잡힐 듯 말 듯 알쏭달쏭한 행복과 하루 세끼를 먹고 살기 위한 밥벌이를 위해 몸부림치면서…….

전후방

나는 흙수저의 역사적 사명을 띠고 3남 2녀 중 막내로 태어났다.

나의 아버지는 시골 마을의 전형적인 농사꾼인데 슬하에 5남매를 두었다. 다산을 권장하는 정부 시책에 부응 했을까? 보릿고개를 넘던 시절인데다 요즘처럼 출산 장려금이나 특별 보조금을 주는 때가 아닌데도 말이다.

그러니 저마다의 능력과 소질을 계발하여 재주껏 살아가야만 했다. 한 가지 위안이라면 형 두 명과 누나 두 명이 있기에 어려서부터 귀여운 사랑을 독차지 하면서 자랐다는 사실이다.

초딩 3학년인 큰 형은 학교에서 돌아오면 풀이나 썩은 나뭇가지를 모으러 바작 얹힌 지게를 지고 뒷산에 올랐다. 1학년인 큰 누나는 나를 안고 한참동안 돌보다가 부엌으로 들어가 저녁 식사 준비를 했다.

어머니는 아버지와 함께 논이나 밭에 가면 해가 뉘엿뉘엿 서산에 걸릴 때쯤 집으로 돌아오기 때문이다.

여섯 살인 작은 누나는 대충 집안 청소를 한 뒤 큰 누나에게 나를 인계받아 보살폈다. 네 살인 작은 형은 빈둥거리면서 놀다가 덤으로 나와 놀아주곤 했다.

그렇게 5년이란 세월이 흘렀다. 큰 형은 어엿한 중학생이 되어 까만 교복과 교모를 쓴 채 의젓한 자태를 과시하였고 큰 누나는 초등학교 졸업반이 되었다. 작은 누난 초딩 4학년, 작은 형은 2학년 이었으나 나는 이제 겨우 여섯 살 배기 꼬마에 불과했다.

우리 집안의 기둥인 큰 형은 읍내의 유일한 중학교에 다니는데 동네 길을 10분쯤 걸어 나가 완행버스를 타고 먼지가 풀풀 날리는 비포장 길을 따라 등하교를 했다.

나는 그 무렵의 어느 날 잠자리에서 부모가 수군거리는 말을 우연히 듣게 되었다. 그래서 큰 누나와 작은 형, 그리고 작은 누나는 초등학교 졸업이 최고 학력이 되리라는 사실을 짐작하고 있었지만 그 누구에게도 말하지 않았다.

난 유치원 과정을 생략한 채 곧바로 초딩이 되겠지만 나 역시 초졸이 전부일 것이라는 사실은 강 건너 불 보듯 뻔한 것이라고 생각했다.

내가 초등학교에 입학할 무렵에 큰 형은 중학교를 졸업했는데 시골 우리 마을과 가장 가까운 작은 도시의 고등학교로 진학하게 되었다. 우리 집안의 기둥이자 차세대의 대권 주자에게 그 정도의 배려와 보살핌은 해야 되지 않겠느냐는 부모의 생각이 절묘하게 맞아 떨어진 셈이다.

가난한 시골 집안의 유일무이한 희망 퍼레이드가 전개되는 것인가!

큰 형은 학교 근처에 매달 30만 원씩 지불하는 하숙집을 구했다. 큰 누나는 초등학교 졸업과 동시에 밥과 빨래, 농사일을 거드는 식모살이 비슷한 처지로 전락했고 작은 누나 역시 그 계통의 2번 타자로 대기 중이나 다름없다.

초등학교 4학년인 작은 형도 찬밥 신세를 면치 못할 것이다. 2년 후에 졸업하면 곧바로 아버지의 후계자가 되어 머슴살이 인생이 되리라는 예측이 지배적이다.

나 또한 큰 형을 뺀 우리 형제들의 전철을 그대로 밟게 될 것이다. 코흘리개에 말도 어눌한 나는 입학 하자마자 별종 취급을 당했다.

한글은커녕 자음과 모음도 잘 몰랐고 '아버지! 어머니!'도 외워서 읽다시피 했다. 선생님이 국어시간에 읽기를 시키면 나는 어디 쥐구멍에라도 들어가고 싶은 심정이 되었다. 자연스럽게 급우들로부터 따돌림을 당했다. 이른바 '왕따'다.

가정 방문 시간에 초라한 우리 집을 보여주기 싫어서 뒷동산으로 도망갔는데, 어머니가 계란 두 알과 삶은 고구마 세 개를 선생님 손에 꼭 쥐어 주었단다.

내가 열 살인 3학년이 되었을 때 큰 형은 대학교 입시 준비에 여념이 없었다. 부모는 허리띠를 계속 졸라매서 개미허리가 될 정도지만 큰 형에게만큼은 팍팍 밀어주었다. 아니, 우리 네 명에게 써야 할 돈을 아껴 큰 형 뒷바라지를 한 것이다.

반면에 누나 두 명과 작은 형은 초졸 후 집안 살림이나 농사일에 충실히 동원되는 전사들로 전락했다.

하지만 내가 초등학교를 졸업할 무렵에 우리 집 형편이 조금 풀렸는지 중학교에 진학했다. 막둥이라고 귀엽게 봐서 배려한 것인지, 생각보다는 다르게 싹수가 있으니 작은 희망을 품게 되었는지까지는 잘 모른다.

그러나 거기까지였다. 큰 형이 지방 대학을 졸업한 후 취직을 하자 부모는 덩실 덩실 춤을 추며 기뻐하셨다.

난, 중학교를 졸업한 뒤 농사일을 거들며 아르바이트를 했다. 농번기에는 논과 밭을 쏘다니며 농부가 되었고 농한기에는 주유소에서 기름을 넣고 읍내 식당에서 서빙을 했다.

나는 정기적인 수입이 생기자 구멍가게 수준의 자영업자가 되기 위한 창업 자금을 마련할 계획을 세웠다. 그래서 악착같이 돈을 모으기 시작했다. 한 달 수입의 70%는 저축하고 나머지는 내 용돈과 집안일에 썼다. 그렇게 4년 동안 제법 쏠쏠한 돈을 모았다. 조금은 희망찬 미래를 기약하려는 그때에 아버지가 타이르듯 조용히 주문하셨다.

"경철아! 너 돈 좀 모았냐?"

"조금요. 그런데 왜요?"

"큰 형 장가가는데 좀 보태줄 수 없겠냐?"

"……."

"괜한 말을 꺼낸 것 같구나. 그냥 없었던 일로 하자."

"얼마나 필요한데요?"

"아니, 됐다."

"아버지! 제가 모아 놓은 돈 드릴게요."

"그래? 아버지로서 면목이 없구나."

"괜찮아요. 또 벌면 되죠."

그래서 그 동안 벌었던 돈의 대부분을 내놓고 말았다. 큰 형의 장가 밑천으로 들어간 돈은 식구들을 위한 값진 용도로 썼다는 명분만을 남긴 채 공중분해 되고 만 것이다.

나는 다시 계획을 세우지 않으면 안 되었다.

'그래! 송충이가 솔잎을 먹어야지, 작게 보자.'

그래서 군대에 갈 때까지 오백만 원만 모을 계획을 세웠다.

하루 5~6시간 정도 자고 두 군데의 알바를 시작했다. 때론 주말용 알바를 덤으로 뛰기도 했다.

큰 형은 최전방에서 든든한 후방 지원 아래 싸우기만 하면 되었고 나는 후방에서 온갖 수모를 겪으면서 자급자족과 전방 지원을 위한 나날들이 계속 되었다.

그렇게 2년이 지난 뒤에 나는 목표를 달성했고 3년 계약의 군 복무를 위해 306 보충대로 향했다.

보충대에서 3일간 대기하다가 전방 지역인 경기도 연천의 예비사단으로 분류되었다. 그래서 사단 신병교육대에서 6주 동안 기초군사훈련을 받았다.

제식훈련과 총검술, 각개전투와 화생방 등에 이어 마지막 과목으로 유격훈련이 기다리고 있었다.

타잔처럼 줄타기를 하고 산악인처럼 암벽을 기어오르며 공수부대원처럼 타워에서 뛰어내리다 보니 저절로 강한 전사가 된 느낌이 들었다.

신병 교육 수료식을 마친 뒤, 보병 대대의 말단 소총수로 보직이 결정되어 전입신고를 할 때 하늘이 무너져 내릴 듯한 우렁찬 목소리를 토해냈다.

"충성! 이병 이경철은 0000년 0월 00일부로 사단 신병교육대에서 제 00연대 0대대 0중대로 전입을 명 받았습니다. 이에 신고합니다. 충성!"

하지만 우렁찬 목소리와 전입 신고식과는 별개였다. 최고참 병장으로부터 3개월 전에 전입해 온 직속상관 같은 고참에 이르기까지 소대원 전체에게 몽둥이찜질을 당해야만 했다. 엉덩이는 장작불을 피운 듯 활활 타오르며 화끈거렸다.

0중대만의 역사와 전통을 자랑하는 신병 전입 환영식 이라는데 더 이상 무슨 할 말이 필요한가!

그로부터 3개월 동안 식기와 군화를 닦고 내무반 청소를 도맡아 했다. 농사짓고 알바를 하던 입대 전의 생활보다 훨씬 힘든 나날이 옥죄어 왔다. 그러나 나는 이를 악물었다.

그리고 또 3개월이 지나 일병으로 진급하자 절반의 일들이 후임 신병에게 넘어갔다. 마치 쌀자루를 지게에 메고 십리 길을 걸은 후 내려놓았을 때와 같은 기분이 들었다.

155마일에 걸친 휴전선 바로 남쪽에는 그물형 철조망과 윤형 철조망이 여러 겹으로 둘러쳐져 있다. 그래서 평상시엔 적의 침투를 예방하고 동향을 파악하는 감시 임무를 수행한다.

하지만 전시가 되면 전후방이 따로 없는 전장으로 변한다. 전방 부대는 직접 교전을 하니 생사의 갈림길에서 공포와 전율이 모두를 괴롭힌다.

예비 사단인 후방 부대는 전방 사단이 심각한 타격을 입고 전투력이 와해되었을 때 즉각 교체 투입된다. 그래서 평상시에 혹독한 훈련을 통해 전투력을 향상 시켜야만 한다.

날마다 10km 구보는 기본이고 천리행군, 야간전술훈련, 기동훈련 등 훈련의 연속이다. 1주일이나 2주일에 걸친 장기훈련을 하고 나면 몸과 마음이 지친다.

심리적인 부담이 더 클지라도 차라리 전방 부대에 배치되었으면 좋겠다는 생각이 들 때도 많다.

닥치면 헤쳐 나가는 게 삶이고 인생인가! 상병이 되자 어느 정도 적응이 되어 여유를 갖게 되었고 입대 2년을 넘어 병장으로 진급하자 베테랑 비슷한 수준이 되었다. 이를테면 짬밥 그릇이 늘어날수록 고통이 줄어드는 현상이 전개되는 것이다.

그러다가 '떨어지는 낙엽도 피해 다닌다'는 제대 말년이 다가왔다. 헌법 제 39조 1항인 국방의 의무를 거의 마치고 특명이 내려와 제대 1개월이 남게 되었다.

이때부터는 각종 훈련에서 제외되었고 마치 폐차 직전의 고물 자동차 취급을 당했다. 일병들도 "이 병장! 며칠 남았어?"라고 놀려대기 일쑤였다.

드디어 3년 동안 생사고락을 함께 했던 부대 위병소를 나설 때는 감회가 새로웠고 안과 밖의 온도는 현저하게 달리 느껴졌다. 안쪽이 한랭전선이라면 바깥쪽은 온난전선이라고나 할까?

전우들의 간단한 전역 환송 행사를 받고 위병소를 벗어나 귀향길에 오르는데 나도 모르게 눈시울이 붉어졌다. 회한과 희열이 교차하는 쌍곡선의 눈물인지도 모른다.

아침에 부대 위병소를 출발해서 해거름 녘이 되어서야 꿈에 그리던 고향 땅에 도착했다. 3년 동안의 공백일까? 산천은 그대로인데 모든 것이 생소하게 느껴졌다.

지게질을 하던 자그마한 동산이나 멱을 감던 시냇가, 그리고 옹기종기 모여 사는 시골 풍경 모두가 말이다. 여기저기의 굴뚝에서 모락모락 피어오르는 잿빛 연기만이 나의 귀향을 반기는 것만 같았다.

나는 쇠고기 두 근과 1되짜리 정종을 들고 대문 안으로 들어섰다. 아궁이에 불을 지피던 어머니가 제일 반기셨다.

"어머니! 저 왔어요."

"아이구! 이게 누구야? 경철이 아니냐."

"예. 그 동안 잘 계셨어요?"

"오냐. 무사히 제대해서 다행이구나."

"걱정 마세요. 이 막둥이는 불사신이잖아요."

"그래. 씻고 밥 먹자."

"아버지는요?"

"재 너머 논에서 아직 안 오셨다."

"알았어요. 제가 다녀올게요."

그로부터 한 달 동안 빈둥빈둥 놀기만 했다. 3년 동안 혹사당했던 고생을 보상받기 위한 방편인지도 모른다.

큰 형은 이미 10년쯤 전에 병역 면제를 받았는데 내가 현역 복무를 하고 나니 괜히 부러움과 질투가 동시에 불거졌다. 무엇 때문에 어떻게 해서 특혜를 받았는지도 궁금해졌다.

장남과 비장남의 차이인지, 대졸과 중졸의 차별 대우인지, 건강상의 이유인지 아리송하기만 했다.

아무튼 한 달은 길고도 짧았다. 그리고 뒤이어 어떻게 살아갈 것인지에 대한 이런 저런 생각들이 가슴속을 파고들었다. 그러다가 '우선 일자리부터 구하자'고 마음먹었다.

여기저기 알아보다가 인접 동네에 작은 공장이 들어선다는 소식을 접했다. 나는 전격적으로 방문해서 면담을 요청했다.

"최전방에서 3년 동안 육체적, 정신적으로 단련된 몸입니다. 시켜만 주면 무엇이든 열심히 하겠습니다."

그래서 2개월 후부터 생산직으로 일하게 되었다. 삽과 곡괭이 등 간단한 농기구를 만드는 공장인데 기술적인 어려움은 없었지만 육체적으로 힘들었다.

오전 여덟시부터 오후 다섯 시까지 일하는 것은 기본이고 두 시간 연장 근로가 자주 있기 때문이다. 하지만 6개월쯤 지나자 저절로 적응이 되었다. 그러다가 1년이 지날 때쯤 함께 일하던 여사원과 사귀게 되었다.

나름대로 뼈대 있고 제법 잘사는 집안의 차녀였다. 우린 사랑의 늪에 빠져 허우적대기 시작했다. 그래서 시간과 비용을 아끼기 위해 결혼하기로 약속했다.

내가 먼저 부모님께 소개시켰는데 '몸이 허약한 것 같다. 키가 좀 작다'는 등의 촌평을 내놓으며 흡족해 하지 않으셨다. 그리고 예비 신랑 자격으로 여친 집을 방문했는데 즉석에서 거부 의사를 밝히셨다.

뼈대없는 가난한 집안이고 겨우 중졸의 학력이며 직장도 변변치 못하다는 이유 때문이다. 그렇다고 그냥 물러설 내가 아니다.

"저는 성실하게 살아왔고 형 장가보내는데 일조했으며 최전방 부대에서 충실하게 복무했습니다. 지금도 목돈이 상당히 있으니

밥 굶거나 굶길 염려는 전혀 없습니다. 또한 앞으로도 열심히 살아갈 것입니다. 그러하니 승낙해 주시면 감사하겠습니다."

"……."

예비 장인어른은 고개만 갸우뚱 할 뿐 더 이상 말이 없으셨다. 침묵은 긍정이고 재차 강하게 부정하지 않은 것은 희망의 청신호가 아니던가. 나는 내친김에 한마디 더 거들었다.

"그럼, 승낙으로 알고 일어서겠습니다."

그리고는 큰 절을 올리고 신속한 동작으로 대문을 나섰다. 하늘은 맑았고 뭉게구름이 조금씩 왔다 갔다 할 뿐이었다.

지금 예비부부인 당사자들은 전방에서 열심히 일하며 미래를 설계하고 있는데 후방의 양 집안에선 적극적인 지원은 고사하고 전방 전선을 와해시키려고 한다.

철조망이 아닌 산업 전선에서의 전후방은 서로 엇갈린 이해관계로 인해 혼선을 빚으며 줄다리기를 하고만 있다.

우여곡절 끝에 결혼식을 올리게 되었다. 내가 수차례 장인어른을 찾아뵙고 간곡하게 설득한 이후였다. 3박 4일 동안의 신혼여행 후 한옥 주택 단칸방에 신방을 차렸다. 신혼의 단꿈은 안드로메다에 버금가는 또 다른 은하계를 창조하였다.

그러자 깨가 쏟아지기 시작했다. 깨는 아파트나 한옥, 자가나 전세를 가리지 않고 씨를 뿌리는 대로 열매를 맺었다.

그래서 5년이 지날 때쯤 남매라는 커다란 수확을 거두었다. 나는 엊그제까지만 해도 코흘리개 자식이었는데 이젠 부모 대열에 합류하였고 머지않아 학부형까지 승진 할 태세였다.

그로부터 2년 후, 드디어 학부형이 되었는데 결코 쉬운 길이 아니다. 우선 세대 차이의 차별성이 큰 짐이다. 내가 어렸을 때는 술래잡기, 재기차기, 딱지와 구슬치기 등이 주요 놀이 문화였는데 요즘엔 PC방이나 모바일 또는 컴퓨터 게임 등으로 업그레이드되었다.

단체놀이 대신 개인플레이다. 전방의 게임 놀이를 위한 후방의 지원 비용도 만만치 않다.

아침 밥 먹고 대문 나서서 학교로 향할 때부터 대문 열고 집에 들어올 때까지 노심초사가 거머리처럼 찰싹 달라붙는다.

또한, 집에서는 응석받이 귀공자 대접을 받고 자랐는데 학교에선 통하지 않는다. 그래서 싸움 닭 아니면 울보가 되곤 한다.

내가 학교 다닐 때는 스스로 알아서 헤쳐 나갔었다. 방목 수준이었다. 그런데 세대가 바뀌니 확 변했다. 한 두 명의 자녀를 둔 핵가족 세대의 떠받들기 때문이리라. 놀이터나 식당에서도 왕초노릇만 하려한다.

아무튼 학부형 되기는 쉬울지라도 학부형 노릇 제대로 하기는 결코 쉽지 않은 듯하다.

나는 큰 애 입학식이 있을 무렵에 소형 승용차를 구입했다. 대중교통만을 이용 하다가 자가용이 생기니 편리함이 한두 가지가 아니다. 우선 출퇴근이 편리 해졌고 주말이면 가족 나들이를 할 수 있어서 좋았다.

아내와 함께 마트나 재래시장으로 장 보러 가는 재미도 쏠쏠하다.

하지만 편리함 뒤에는 불편함도 도사리고 있다. 전방에선 다른 차들의 끼어들기와 불쑥 불쑥 나타나는 행인들이 가슴을 덜컹하게 만든다. 아직 초보인지라 브레이크와 엑셀러레이터를 혼동하기도 한다. 급할수록 돌아가야 하는데도 말이다.

후방 또한 만만치가 않다. 서행을 하고 있으면 경적을 울려 대거나 바싹 붙어서 위협을 가하기도 한다. 횡단보도에 서 있을 때 뒤에서 달려오던 차가 급정거할 때는 불안 초조 그 자체다. 운전대를 잡고 있노라면 외줄타기 세상사와 비슷하다고 느낄 때가 많다. 산다는 게 결코 쉬운 일이 아니다.

곡마단 단원이 되어 줄타기를 하며 살다보면 세월 또한 친한 벗이 되어 동행하고자 한다. 그리고 직장 생활도 10년이 훌쩍 넘어 강산이 한번 변했다.

내 나름대로 열심히 일한 결실인지 반장과 과장을 거쳐 차장으로 승진했고 머지않아 부장으로의 승진도 예약되어 있는 것처럼 보였다.

그러나 호사다마라고 했던가. 회사가 빠른 속도로 성장하다보니 유혹의 손길도 많다. 우리 부서에서 납품 비리가 발생한 것이다.

단가를 조작해서 비싸게 납품한 것처럼 서류를 작성한 뒤 차액을 가로챈 것이다. 자재 담당을 맡고 있는 나의 직속상관인 자재부장이 저지른 일이었다.

자재부장은 점점 수사망이 옥죄어오자 내게 돈 봉투를 내밀며 함께 공모했다고 진술하길 강요했다. 나는 처음엔 완강하게 거절했으나 결국 부분적으로 동의하였다.

그래서 나의 입지는 쭈그러들었고 강등되어 생산과장으로 발령이 났다. 회사 측에서도 그동안 회사 일을 충실하게 해 왔기 때문에 권고사직까진 요구하지 않았다. 아마도 정황상 공범이 아님에도 부서 내에서 공동 책임을 지려는 태도를 긍정적으로 평가했는지도 모른다.

나는 결코 사직서를 제출하지 않았다. 아직 초등학생인 남매를 두었고 네 식구의 생계가 달려 있기 때문이다. 계속 일 할 수 있는 기회를 준 회사가 그저 고마울 뿐이었다.

다소 의기소침한 가운데 회사 생활이 계속 되었다. 주위 동료 사원들의 따가운 눈총도 달게 받았는데 내가 감수해야 할 운명이었다.

그렇게 5년이 지나 평온을 되찾는가 싶었는데 아버지로부터 큰 형의 비보를 접해야만 했다. 사기 집단에게 거액을 투자하고 직장 내 상관에게 빚보증까지 서준 게 잘못되어 몹시 곤란한 지경에 처했다는 것이다.

가짜 개발 정보를 미끼로 허드레 땅을 비싸게 구입하도록 해서 낭패를 보았다. 또한 상관의 주식 투자를 위한 대출 건에 보증을 섰는데 주식이 폭락하여 깡통 계좌가 되고 만 것이다.

궁지에 몰린 형은 차마 형제들에겐 말하지 못하고 아버지를 찾아가 전후 사정을 말씀드린 것이다. 그로부터 며칠 후 아버지로부터 전화가 온 것이다. 수화기 너머의 아버지가 다소 심각하게 말 하셨다.

“경철아! 그러하니 네가 형 좀 도와줘라.”

“…….”

“왜 대답이 없냐?”

“아버지! 저도 겨우 버티고 있어요. 애들도 이제 중·고등학생이고요.”

“그래도 우리 집 기둥이고 큰 형이잖아.”

"장가 보조금과 아파트 구입비용 등 도대체 몇 번쨉니까?"

"휴우, 살고 있는 집을 경매 처분 할 것 같다고 한다. 이번이 마지막이니 한 번만 더 도와주면 좋겠다."

"아버지! 그러다가 내가 길거리로 나앉게 생겼어요."

"경철아! 조금만 도와다오."

"얼마나요?"

"급한 불을 끌 수 있도록 3천만 원만 도와주렴."

"저한텐 거액입니다. 그리고 집사람이 알면 이혼하자고 할 겁니다."

"그래. 꼭 비밀로 하자."

"정말 마지막입니다. 아버지!"

"고맙구나. 막내야!"

나는 직장인 대출을 받아 큰 형에게 송금하였다. 전방에선 제대로 싸우지도 못한 채 총알만 낭비한 꼴이었고, 후방에선 뒤치다꺼리 하느라 전투력 손실이 이만저만 큰 게 아닌 꼴이 되고야 말았다.

그렇게 또 하나의 산을 넘었고 이런 저런 일들로 흰머리와 주름살이 점점 늘어나기만 했다. 그러면서 크고 작은 가정사와 세상사를 헤쳐 나가다보니 정년퇴직이라는 고지에 오르게 되었다.

그 동안 똥파리가 득실거리는 길거리의 질펵한 똥을 밟을 때도 많았다. 골이 깊은 계곡을 한참 동안이나 헤매다가 누군가가 밀집 대롱으로 만들어 놓은 약수를 입에 적시며 힘찬 활력을 얻기도 했다.

벌과 나비들이 한데 어우러져 멋진 춤사위를 펼치는 화려한 꽃길을 걸어보기도 했다. 그래서 불혹不惑과 지천명知天命을 거쳐 이순耳順의 회갑 문턱까지 온 것이다.

고지에 올라서니 오곡백과가 풍성한 들판과 곡선미를 자랑하는 강줄기가 아름답게 보였다. 하지만 나는 이 고지에서 행글라이더를 타고 뛰어 내려야만 한다. 무사히 착륙할 수 있을지, 착륙 후에는 어떻게 해야 할지 막막하다.

그 누군가가 그랬다. '인생은 멀리서보면 희극이지만 가까이서 보면 비극이다.'라고 말이다.

한 가지 다행이라면 아이들이 말썽 피우지 않고 나름대로의 노력 끝에 대학을 졸업해서 각자의 직장 생활을 하고 있다는 사실이다. 이제 결혼 적령기에 접어들었기에 모두 새 둥지를 틀게 해주는 내 인생의 마지막 숙제만 해결하면 된다.

드디어 정년퇴직을 하고 나니 그동안 살아왔던 내 인생이 너무 빠르고 허무하다는 생각이 들었다. 자연스럽게 벼랑 끝에서 풀 한 포기를 붙잡고 매달린 심정이 되어갔다.

보상 심리가 작용해서인지 1년 동안 빈둥빈둥 놀면서 등산이

나 낚시를 즐겼다. 한창 때는 잘 해보지 못한 취미 생활이다. 하지만 2년째 접어들자 무미건조해졌다.

다시 무슨 일이든 해야겠다는 생각이 들었고 지역 생활 광고지의 구인난을 열심히 뒤졌다. 그렇게 며칠 동안 찾은 노력 끝에 얻은 일자리가 대형 마트의 환경 미화원이었다.

남자는 박스 정리와 주차장 쓰레기 청소를 하고 여자는 매장 및 화장실 청소가 주요 업무다.

물건을 구매하러 온 고객들은 품목별로 근사하게 진열된 매장을 돌아다니면서 쇼핑을 즐긴다. 반면에 종사하는 종업원들은 나름대로 바쁘다.

가정의 창고 같은 물품 보관소에서 카트나 L카로 제품을 운반하여 부지런히 전시한다. 자연히 매장과 창고를 번갈아서 오간다. 전선의 전방과 후방이나 다름없다.

버려지는 포장용 박스는 각자 운반하여 한 장소에 버린다. 내가 하는 주요 업무 중의 하나가 빈 박스들을 정리하는 것이다. 재활용과 폐기용으로 분류하여 대차에 싣는다. 그래서 재활용 박스는 매장내의 포장용으로 재탄생한다. 고객들이 구입한 물품들을 담아가는 것이다. 폐기용은 처리장으로 운반되어 생을 마감 짓는다.

한 달에 한 번씩 일요일을 맞이하여 매장 전체를 대청소하기도 한다. 세제로 깨끗이 닦고 왁스칠을 하여 반짝 반짝 빛나게 만드는 것이다. 이 일을 하다 보니 주말이 더 바쁘다. 그러니까 주말은 따로 없고 고객들과의 만남이 곧 주말이다.

언제까지 이 일을 하게 될지는 미지수다. 연금과 퇴직금으로 먹고 살 수 있는 여유는 되지만 정체된 그릇 속에서 폐차 처분만을 기다리는 처량한 신세보다는 부대끼고 살면서 용돈을 버는 것이 오히려 더 젊게 사는 일이 아닐까?

그러다가 힘에 겨워 한계에 다다르면 자진 사퇴하여 전방의 마지막 보루인 경비원으로 취업하련다. 그런 다음에 퇴직 하게 되면 모든 잡념 떨치고 후방 근무를 하면서 다음 생을 위한 설계를 할 것이다.

해마다 한 살씩만 먹으며 배 두드리고 사는 '세월'이란 작자와 대적할 순 없으니 순응하며 친구처럼 살아가리라.

65세가 되면 합법적인 노인이 되어 노령 연금도 주고 지하철도 무료 이용이 가능하며 여러 분야에서 할인 혜택을 준다하니 또 하나의 덤이 아니고 무엇이랴.

나그네 같은 하숙생이 되어 하루 세끼 꼬박 꼬박 축내며 살다가 누추한 옷 한 벌 걸치고서 전후방이 없는 전선으로 떠나리라.

피라미드

1

4,500년 전, 이집트 땅에 피라미드가 건설되었다. 왕(파라오)이나 왕족의 무덤인데 사각뿔 모양으로 생긴 건조물이다.

이집트에는 80개 정도의 피라미드가 있는데 그 중 카이로 부근의 기자 고원에 자리 잡은 쿠푸왕(4대)의 무덤이 가장 웅장하다. 200m가 넘는 밑변에 높이 140m의 거대한 무덤인데 이 피라미드를 건설하기 위해 20년 동안 2~3만 명이 동원 되었다고 한다. 이 무덤은 무려 230만개의 돌이 서로 맞물려 있는데 돌 하나의 무게가 수 톤에서 수십 톤에 이른다고 하니 상상을 초월하는 어마어마한 규모다.

'천상으로 향하는 계단'이라고 부르는 이 무덤은 이집트인들의 대표적인 자부심이라 아니할 수 없다.

또한 피라미드 입구에는 사자의 몸과 인간의 머리 형상을 한 암석 조각상이 수호신처럼 버티고 서 있다. 바로 스핑크스 sphinx다. 길이 70m 정도에 높이 20m를 자랑하는데 왕의 권력을 상징하며 '공포의 아버지'로 불리고 있다.

2

그 남자는 부유하고 뼈대 있는 집안의 7남매 중 장남으로 태어났다. 그의 아버지는 5남매 중 유일한 아들인데 4대째 내려오고 있는 외아들이다. 그러하니 첫 득남은 집안의 큰 경사일 수밖에 없다. 그래서 태어나자마자 자연스럽게 떠받드는 왕자 비슷한 신분으로 급상승되기에 이르렀다. 보릿고개를 넘던 시절임에도 불구하고 고기반찬과 고깃국에 쌀밥을 배불리 먹고 흔들리는 고급 요람에서 놀다가 또 때가 되면 먹방의 달인이 되어 토실토실한 영계처럼 변해갔다.

태어난 지 1년이 지나 돌잔치를 하는데 '돼지를 잡네, 닭을 잡네' 하면서 온 동네가 시끌벅적, 야단법석으로 얼룩졌다. 그러다가 두 살배기 때 여동생이 태어났다. 아버지는 약간 서운한 기색을 비쳤지만 어머니는 남매의 커플이 완성되었다며 애써 미소 지었다. 2년 후에 또 여동생이 태어나자 드러내놓고 홀대하기 시작했다. 그래도 어떻게든 둘째 아들을 낳기 위해서 성심성의껏 씨를 뿌려댔으나 모두 기대와는 반대 현상이 벌어졌다. 피라미드의 정점에 있는 한 개의 난자를 2~5억 개의 정자들이 에워싸고 떠받들 듯한 지극정성을 보였으나 모두 헛수고에 불과했다. 그래서 더 이상의 미련을 버렸다. 단지 7공주가 아니라는 사실만이 위안일 뿐이었다.

장남이자 유일한 아들인 그 남자는 여동생들이 점점 늘어날수록 독보적인 존재로 자리매김 되어갔다. 쌀밥과 고기반찬은 기본이고 계절별 맞춤형 산해진미가 수라상처럼 펼쳐졌다. 뿐만 아니라 비단 같은 고급형 수제 옷과 유행의 첨단을 질주하는 신발을 신고 팔자걸음 비슷한 양반 행보를 하는 것이 당연한 것인지도 모를 지경이었다.

잠자리 역시 뽀송뽀송한 솜이불을 덮은 채 따뜻한 아랫목을 독차지 했고, 여름이면 1인용 고급 모기장을 친 캠핑카 비슷한 귀족 대우를 받았다. 그러니까 먹고 입고 자는 의식주의 모든 분야에서 특혜를 받은 것이다.

일반 서민들에겐 다소 버거운 유치원 과정을 다니면서는 왕자처럼 행세했고 초등학생이 되자 조금은 세련된 모습을 보이기 시작했다. 공책과 연필 등은 고급 필기구를 주로 썼고 서점에서 구입한 참고서는 학년이 바뀌면 누더기 비슷한 모양새로 동생들에게 인계하였다.

용돈이 풍족하니 부담 없이 뽑기 등의 군것질은 물론 전자오락실을 수시로 드나들었다.

선행학습을 위한 학원가를 기웃거리기도 했다. 그래서 영어, 수학은 물론 국어와 과학에 이르기까지 물심양면의 전폭적인 지원 아래 초·중·고를 마쳤다.

자유를 만끽하는 대학생일 때 미팅과 헌팅의 꽃밭을 마음껏 뛰놀았고 평년작 수준의 학점을 수확하기에 이르렀다. 대한민국 대부분의 남아들이 꼭 거쳐야 하는 필수코스인 군대는 가지 않았고 방위병 소집 훈련으로 대신했다. 5대 독자의 특혜인지까지는 잘 알지 못한다.

1~2살 터울의 여동생들은 유일한 오빠를 존경과 두려움의 대상으로 인식했고 그러한 현상을 당연한 것으로 받아들였다. 그 남자는 태어나서 거의 4반세기 동안 온실 속의 화초가 되어 무럭무럭 자라더니 지역의 중소기업체 신입사원이 됨으로써 평범한 성인 대열에 합류하였다.

3

그 여자는 평범한 집안의 7남매 중 막내로 태어났다. 태어날 당시의 부모는 모두 불혹의 나이를 넘긴 상태였다.

3남 3녀를 둔 부모는 피임을 잘못 했는지 2~3년의 터울보다 더 긴 다섯 살 터울의 원치 않은 막내딸을 얻었다. 하지만 후회보다는 내리 사랑의 표본처럼 막둥이로서의 귀여움을 독차지하였다. 그러나 점점 커갈수록 평탄치 않은 일들이 그 여자의 앞길을 가로 막았다.

다섯 살 때 아버지가 돌아가셨다. 평소 심장 질환을 앓고 있었는데 갑자기 악화되어 반세기를 채우지 못한 채 유명을 달리 한 것이다. 제일 큰 오빠가 고등학교를 졸업하고 대학생이 되었기에 비극의 여파가 만만치 않았고 그 모든 무거운 짐들은 고스란히 어머니가 떠안아야만 했다.

두 살 터울의 오빠와 언니들은 조금 일찍 철이 들었고 스스로 제 앞길을 헤쳐 나갔다. 그래서 중·고등학교의 학창시절이 기름칠 하지 않은 톱니바퀴처럼 파열음의 연속이었다. 막내인 그 여자도 어린 나이임에도 집안 형편이 좋지 않다는 생각을 하게 되었고 초등학교에 입학하면서 암울한 생각들이 점점 쌓여갔다.

그러다가 더 큰 불행이 찾아왔다. 7남매를 키우기 위해 필사적으로 발버둥 치며 살아가던 어머니마저 쓰러진 것이다. 지병이 있었는지는 잘 모르지만 과로로 쓰러져 며칠 동안 깨어나지 못하다가 홀연히 저 세상으로 떠났다. 아버지가 먼저 떠난 뒤 5년 만에 결정적인 비극이 또 찾아온 것이다. 졸지에 7남매는 고아가 되고 말았다.

그 여자의 큰 오빠는 힘겹게 대학교를 졸업한 뒤 안정적인 회사원이 되었고 둘째, 셋째 오빠와 언니들은 고등학교를 졸업한 후 곧바로 직업 전선에 뛰어들어 독립생활을 하는 빠른 길을 찾아 나섰다.

그 여자는 큰 오빠와 큰 언니의 보살핌으로 초·중·고의 학창 시절을 보냈다. 교복이나 참고서에 이르기까지 모든 것을 물려받은 것은 당연지사였다. 용돈은 거의 구경조차 하지 못했다.

고등학교에 다닐 땐 식당과 편의점에서 알바를 했다. 그래서 최저임금과 사투를 벌이며 학비와 용돈을 스스로 조달했고 녹록치 않은 세상사를 피부로 느끼며 이를 악물었다.

여고를 졸업한 뒤 곧바로 인근 공단의 생산직 사원으로 취직했다. 냉장고, 세탁기 등의 가전제품 부품을 조립하는 생산 라인에서 일했다. 생산라인의 속도는 생각보다 훨씬 빨랐다. 각 개인별로 평균 3.5초 이내에 맡은 부품을 조립해야만 한다. 만약 제대로 조립하지 못하면 최종적인 제품 검사에서 불량품으로 판정되어 원인 규명 및 책임 추궁이 뒤따랐다. 두 눈에 쌍심지를 켠 채 일하지 않으면 불량품 제조 사원이란 오명이 씌워지고 몇 차례 반복되면 스스로 퇴사의 길을 선택해야만 했다. 먹고 사는 게 녹록치 않았다.

그 여자는 벼랑 끝에서 풀 한포기를 붙잡고 매달린 심정으로 악착같이 일했다. 조실부모 탓에 후원회가 사라진지 이미 오래고 형제들도 모두 자기 앞가림하기에 바빠 막내를 돌봐줄 여유가 없기 때문이다. 그것보다는 이미 성인이 되었기에 자신의 일은 스스로 헤쳐 나가야 된다는 사명감 같은 것이 작용했는지도 모른다.

그 여자는 4년제 대학을 졸업하고도 고학력 실업자가 되어 부모 목덜미 붙잡고 캥거루족으로 살아가는 부류들을 부러워할 여유나 형편이 못 되었다. 그저 하루 세끼와의 전쟁을 위해 필사적인 노력만이 필요할 뿐이었다.

4

그 남자와 그 여자는 같은 회사에서 일했다. 남자는 관리과 직원이고 여자는 생산직 사원이다. 그 남자는 입사한 지 3년이 지나 주임으로 승진했다. 능력이 뛰어나서가 아니라 별 탈 없이 일정 기간 동안 일해왔기 때문에 자동으로 승진하는 케이스였다. 하지만 그 남자는 다소 목에 힘이 들어갔고 남자 신입 사원들의 군기를 잡는 등 조금씩 위세를 부리기 시작했다.

반면에 여사원들에겐 상당한 친절을 베풀었다. 특히 마음에 드는 예쁜 여사원에게 남다른 호감과 애정을 가지고 접근했다.

그 무렵에 그 여자가 입사한 것이다.

갓 고등학교를 졸업하고 사회 초년생으로서의 순진무구한 모습을 보는 순간 그 남자는 심장이 멎을 것만 같은 느낌을 받았다.

관리직과 생산직은 조금 연관성이 있지만 사실은 별개의 부서다. 그러나 그 남자는 관리 차원인지는 잘 모르겠으나 그 여자가 일하는 생산라인을 자주 왕래했다. 그래서 캔 음료도 건네고 부품 박스도 옮겨주곤 했다. 그러한 호의를 싫어할 여자가 있겠는가. 자연스럽게 가까운 사이가 되었고 데이트 약속으로 이어졌다.

그렇게 시작된 두 남녀의 사랑은 촛불로 시작해서 장작불처럼 타오르다가 점점 활화산으로 변해갔다. 일곱 살 차이는 아무 문제가 되질 않았다.

당나라 현종과 양귀비는 서른네 살 차이였고 공자의 부모였던 숙량흘과 안징재는 쉰네 살 차이였다. 딸만 아홉을 둔 공자의 아버지가 대를 이어야 한다며 일흔 살 때 이팔청춘 열여섯의 싱싱한 아가씨와 야합을 한 것이나 다름없다. 그 나이에도 생산 능력을 갖춘 대단한 노익장을 과시한 모양이다.

아무튼 이 청춘 남녀가 연인 사이로 발전하여 1년쯤 지나자 '사내社內 커플'이란 닉네임이 붙었고 공공연한 비밀이 되었다. 연인이 생겼다는 것은 섹스 면허를 취득한 것이라고 그 누가 말했던가.

그 남자는 남성 특유의 섹스 본능을 위해 충실했고 그 여자는 장밋빛 환상에 젖은 아름다운 미래를 설계하기에 여념이 없었다.

이미 부모를 모두 잃은 막내였기 때문에 2~3명의 자녀를 낳은 뒤 알콩달콩 화목한 가정을 이루려는 꿈을 꾸기 시작했다.

정략적인 결혼은 별개지만 일반적인 혼사가 순풍의 돛을 달고 항해하는 것만은 아니다. 그 남자의 부모는 두 사람의 결혼을 반대했다. 조실부모하여 가정교육도 제대로 못 받은 철부지 여자라고 생각해서일까?

하지만 그 여자는 착실하게 살아왔고 이미 6년 전인 고등학교 시절부터 돈벌이를 하며 거친 세상을 피부로 느끼며 살아왔다. 또한 생전의 어머니를 보면서 현명한 여자의 길이 어떤 것인지도 가슴 속 깊이 새겨왔다.

그 남자는 온실 속의 화초처럼 자란 탓에 부모의 반대에 부딪치자 난감한 표정을 지으며 어떻게 헤쳐 나가야 할지를 몰랐다. 아니, 수수방관으로 일관했다. 전형적인 마마보이 같아 보였다.

그래서 그 여자가 예비 시부모를 만나 담판을 지어야 되겠다고 생각했고 인천상륙작전 같은 D-데이를 잡는데 성공했다.

그 어느 주말 오후에 4자 회담의 엄숙한 자리가 마련되었다. 침묵의 시간이 어느정도 흘렀다. 비장한 각오를 다시 한번 다진 그 여자가 먼저 입을 열었다.

"아버님, 어머님! 제가 마음에 들지 않으시죠?"

"……."

"저는 7남매의 막내인데 다섯 살 때 아버지가 돌아가셨고 열 살 때 어머니마저 떠나셨습니다."

"그래서?"

"오빠와 언니들의 보살핌 속에 자랐으며 고등학교 시절에는 알바를 하며 학비와 용돈을 벌었습니다."

"……."

"조금 일찍 세상사와 맞부딪치면서 살았고 고등학교 졸업 후 곧바로 직업 전선에 뛰어든 건 스스로 결정한 선택이었습니다."

"너의 개인사를 듣기 위한 자리가 아니다."

"저는 궁핍할 정도로 절약하면서 매달 100만 원씩 저축하고 있습니다."

"으음!"

"근본 없이 자랐다는 말을 듣지 않기 위해 제 나름대로는 근면 성실하게 살아왔고요."

"……."

"저희 결혼을 허락해주시면 성심성의껏 친부모님처럼 모시면서 열심히 살겠습니다."

"알았다. 좀 더 생각해보마."

그렇게 해서 4자 회담은 일방적으로 끝났다. 양쪽 대표들의 짧은 대화만이 필요했다. 보좌관격인 어머니와 아들은 침묵으로 일관했다.

어머니는 아버지와 같은 생각이었기에 무언의 공동체가 형성되었는지 모르지만 아들은 전혀 대책 없는 무대응으로 일관했다.

그저 관대한 처분만 기다리는 피의자 신분 같은 느낌이 들었을 정도였다.

그 후로도 그 여자는 몇 차례 예비 시부모를 만났고 최선을 다해 정성껏 모셨다. 그때부터 북극 빙하 같았던 아버지와 시베리아 툰드라 같았던 어머니의 마음이 지구 온난화에 떠밀려 서서히 녹아내리기 시작했다.

소극적인 그 남자는 그 여자의 적극적인 권유로 큰 오빠와 큰 언니를 만나 상견례 비슷한 인사를 나눴다.

그리고 개막 팡파르가 울려 퍼질 결혼식 날짜가 정해졌다.

준비된 신랑과 신부는 두 손을 잡고 입장했다. 코스모스가 흐드러지게 된 푸르른 가을 하늘은 두 사람의 결혼을 진심으로 축하해주는 듯 했다.

5

신혼의 단꿈을 몇 번 꾸자마자 5년이란 세월이 흘러갔다. 그 남자는 안으로는 남매의 아버지이고 밖으로는 대리가 되어 있었다. 남편과 아버지와 대리의 피라미드 같은 삼각 축의 정점에 서 있는 셈이다.

그 여자는 결혼 후 생산 라인의 부반장이 되었으나 1년 남짓 지나 임신 5개월이 되자 사직서를 제출하고 전업주부로 방향을 선회했다. 입사 6년 만에 퇴사를 결정한 것이다. 그리고 두 아이들과 실랑이를 벌이는 보호자이자 충실한 아내로 살아가고 있다.

그러다가 10월의 마지막 날이 올 무렵에 결혼 5주년을 맞이했다. 두 남녀는 목혼식木婚識을 대신하여 와인 잔을 부딪쳤다. 귀염둥이의 어린 남매가 옆에 바짝 붙어 초롱초롱한 눈동자를 번갈아 굴리니 안주는 별도로 필요하지 않았다.

그 여자는 더 이상 욕심 부리지 않고 오늘처럼 만큼의 행복이 계속되면 좋겠다고 생각했다. 하지만 호사다마라고 했던가.

그로부터 1년 후 청천벽력 같은 일이 벌어졌다. 남편이자 아버지인 그 남자가 한마디 말도 없이 사직서를 쓴 것이다.

과장 승진 심사에서 두 번 밀리고 업무상의 일로 차장과 고성이 몇 번 오간 후였다. 납품 지연과 공금 횡령 의혹에 휩싸인 것이 발단이 되었고 일처리를 제대로 하지 못한 탓에 후폭풍의 소용돌이에 휘말려 스스로 희생양이 되어 사표를 쓴 것이다. 다시 원상복구 하기에는 이미 때가 늦었다. 주사위는 던져졌고 엎질러진 물이 되어버린 것이다.

그 남자는 그때부터 술독에 빠지기 시작했다. 아침에 눈 뜨면 해장술로 하루를 시작했고 술에 취한 채 낮잠을 자거나 성인 오락실에 쭈그리고 앉아 막연히 잭팟을 터트리기 위한 투기성 도박을 즐겼다.

주말이면 경마장으로 달려가 배팅에 열중했다. 주로 복승이나 연승 방식을 선호했고 가물에 콩 나듯 열 배나 스무 배의 배당금을 받기도 했다. 그렇게 6개월 동안 줄곧 취생몽사의 삶을 살았다.

그러다가 방문 판매업에 종사하는 여섯 살 연상인 중년의 사나이를 만났다. 서로 통성명을 하고 조금씩 친해지다 보니 자연스럽게 '형님'으로 부르기 시작했다. 그러면서 함께 일해보자는 제안을 받아들여 현장으로 향했다.

그 남자는 다단계 판매업에 대한 설명을 들은 뒤 종사하기로 마음먹었다. 그래서 퇴직금 일부와 현직에 있을 때의 횡령 자금 등 비자금을 종잣돈 삼아 매진하기로 한 것이다.

그러나 신규 회원이 되면 가입비, 교육비 등 각종 명목으로 과도한 초기 비용 지불을 유도한다. 그리고 일정량의 제품 구매와

월별 구매액 설정, 승급을 빌미로 한 강제 구매 유도 등으로 재고 부담을 떠안게 만든다.

무엇보다도 단기간 고수익 달성이 가능하다는 점을 강조하며 유혹의 손길을 내민다. 이를테면 다단계 편법 피라미드의 함정에 빠져드는 것이다.

다단계 방문 판매는 전체 매출에서 30% 정도의 이익금을 피라미드식 구조로 쪼개서 챙겨가는 방식인데 실질적으로는 적자를 면치 못하는 경우가 많다. 한마디로 말하자면 '빛 좋은 개살구'인 셈이다.

그러면서 틈만 나면 성인 오락실에 쭈그리고 앉아 막연한 대박을 노렸고 주말이면 스크린 경마장에 가서 푼돈을 투자하여 목돈을 만들자고 배팅을 거듭했다.

이집트의 피라미드 같은 웅장하고 튼튼한 성을 쌓는 데는 수십 년이 걸리지만 다단계 방문 판매 같은 바닷가 모래성은 단 하루도 채 지나기 전에 산산조각이 나고야 만다는 진실만이 그 자리를 지키고 있었다.

6

남자가 사직서를 제출한 뒤 방황하는 모습을 본 여자는 새로운 결심을 하지 않을 수 없었다. 우선 임신중절수술부터 하기로 마음먹었다.

미래가 불확실하고 불안한데 더 낳을 수는 없고 지금의 남매만 잘 키우면 된다고 생각했기 때문이다. 여자는 즉시 실행하였고 수술 후 1주일이 채 지나지 않아 여기저기 일자리를 알아보기 시작했다. 전문적인 지식이나 고학력의 소유자가 아니어서 단순노동만이 그 여자의 선택 분야였다.

재취업의 첫 걸음은 동네 마트의 계산원이었다. 어린 남매는 출근할 때 유아원에 맡겼다가 퇴근할 때 데려왔다.

친정 부모님은 이미 오래전에 돌아가셨기 때문에 시어머니께 부탁을 했는데 일언지하에 거절했다. 한술 더 떠서 맏며느리가 우리 집에 잘못 들어와서 큰아들이 이런 봉변을 당했다는 신세타령만 늘어놓았다.

어불성설이고 적반하장이지만 여자는 그저 참을 수밖에 없었다.

남자는 동이 터 오는 줄도 모른 채 늘어지게 자다가 점심 무렵에 대문 열고 나가면 술에 취한 채 밤늦게서야 집에 들어오는 것이 수학 공식처럼 정해져 있었다.

그렇게 1년쯤 지났을까? 그 남자가 용돈을 달라고 요구했다. 방탕한 허송세월을 보내더니 이제 밑바닥까지 모두 빡빡 긁어 쓴 모양이었다.

"어이! 나 삼십만 원만 주소."

"뭐라고요?"

"다시 한번 말할까? 삼십만 원만 달라고."

"나 참! 점점 뻔뻔해져가고 있네."

"뭐야?"

"그런 말이 입에서 나와? 창피한 줄도 모르고……."

"이게, 어디서 함부로 입을 놀려대."

"지난 1년 동안 생활비 한번 준적 있어?"

"퇴직금 거의 줬잖아."

"그게 얼마나 돼서. 아이들 제대로 키우려면 정신 똑바로 차려요. 이혼하자고 하기 전에……."

"……."

일말의 양심은 있는지 그 남자는 더 이상 대꾸하지 못한 채 침묵으로 일관했다.

그 일이 있고 난 후부터 남자는 새벽이면 살그머니 일어나 대문을 열고 나갔다. 날품팔이 일을 하러 가는 것이 아닌가 생각되었지만 여자는 결코 묻지 않았다.

반면, 여자는 두 아이들과 아침 식사를 한 뒤 유아원을 거쳐 마트로 출근했고, 저녁 무렵에 아이들 양손을 붙잡고 다소 안심하는 표정으로 귀가를 서둘렀다.

그렇게 3년이 흘러갔다. 그 여자는 계산원 일을 충실하게 하면서 신뢰를 쌓아갔다. 남자 역시 막노동 현장을 전전긍긍하며 조금씩 기술을 익혀 나가고 있는데 타지방 현장 일을 할 때 주말에만 집에 오곤 했다.

그러는 사이에 두 아이들은 초딩 2학년과 유치원생이 되었고 돌봄의 손길이 차츰 줄어들고 있었다.

7

남자가 막노동판을 전전긍긍하면서 달라진 게 있다면 매달 일정 금액을 생활비 명목으로 지불한다는 것이다. 하지만 한 달 동안 살아가기엔 턱없이 부족한 금액이다. 아마도 술과 도박, 다른 여자와의 교제비 등으로 상당한 돈을 탕진하고 있는 것 같았다.

여자는 결코 그 부분에 대해서 따지지 않았다. 이미 남편이자 아버지로서의 자부심과 권위에 대해 상당한 신뢰를 잃었기 때문이다. 그보다는 더 이상 희망이 없기에 자포자기한 상태라는 것이 더 타당하리라.

여자가 돈을 계속 벌어야 하는 근본적인 이유가 바로 여기에 있다. 그래서 마트 계산원이란 일자리가 더욱 소중해졌다. 보너스도 없고 호봉에 따른 급여 인상도 없는 최저임금의 자리인데도 말이다. 비록 적은 금액일지라도 가정 경제를 꾸려나가는 데는 커다란 힘이 되었다.

그러다가 보잘것없는 그 일자리마저 잃고 말았다.

마트가 있는 건물의 계약 기간이 끝나 타지역으로 이전하기 때문이다. 여자가 살고 있는 집으로부터 상당히 먼 거리여서 더 이상 다닐 수가 없게 된 것이다.

그 여자는 졸지에 실직자가 되었다. 하지만 상심과 좌절을 뒤로한 채 새로운 일자리를 찾기 시작했다. 지역 생활 광고지는 물론 인터넷 광고와 지인들에게 부탁해서 수소문한 끝에 식당 설거지를 하기로 했다.

오전 아홉시부터 저녁 아홉시까지 하루 열 두 시간의 노동이다. 마트 계산원보다 훨씬 심한 중노동이지만 보수는 1.5배에 이르러서 충분한 보상이 되기에 이를 악물었다.

한 가지 다행이라면 남매 모두 초등학교에 다니고 있으니까 아침에 챙겨서 등교시키고 저녁밥은 알아서 차려 먹을 줄 아는 나이가 되었다는 사실이었다.

한편, 그 남자는 타지역 일을 핑계로 띄엄띄엄 귀가하더니 그 여자가 설거지 일을 시작한 후부터 집에 들어오지 않는 날이 더 길어졌다.

마누라가 무슨 일을 하고 어떻게 살림을 꾸려나가는지에 대해선 전혀 알고 싶지 않은 듯한 태도를 취한 채 말이다. 아니, 집안 살림하고는 아예 담을 쌓은 모양새다.

세월은 덧없이 흘러 강산이 한 번 변하고야 말았다. 그 여자가 식당 설거지 일을 10년쯤 하고 나자 온몸이 성한 데가 없다. 어깨와 팔다리가 쑤시고 허리 통증도 만만치 않다. 여름이면 습진과 땀띠가 괴롭히고 겨울이면 동상이 다가와 친구하자고 한다. 하지만 그 여자는 파스와 연고를 붙이거나 바르면서 꿋꿋하게 일해 왔다.

그 덕분인지는 모르겠으나 남매는 의젓한 대학생과 어여쁜 여고생으로 변신했다.

그 남자는 한 달에 한두 번씩 얼굴만 비치더니 지난해부터는 가끔씩 전화만 하고는 끝이었다. 쥐꼬리만큼의 생활비를 정기적으로 보내면서 가장으로서의 책임을 다했다고 생각하는 것일까?

그 여자는 그 남자와 결혼 한 것이 아니라 두 아이들과 결혼했다고 생각한지가 오래 전이다.

아이들 또한 어머니를 절대적인 우상으로 생각하는 반면, 아버지에 대해선 외계인 취급을 하다시피 했다.

아들은 대학생이 되자 주유소나 편의점에서 알바를 하며 용돈을 벌어 썼고 봉급의 절반가량을 생활비 명목으로 어머니에게 갖다 바쳤다.

어머니는 아들의 첫 월급봉투를 가슴에 끌어안고 한참 동안을 흐느꼈다. 아마 결혼 후 20여 년의 세월을 모두 보상받는 느낌이 들어서인지도 모른다. 그보다는 남편보다도 훨씬 든든하고 자랑스러운 아들을 두어 환희의 눈물을 흘렸으리라.

그로부터 2년이 지나자 아들의 입대 영장이 나왔다. 늠름한 모습의 아들은 오히려 어머니를 걱정하며 달랬다.

"어머니! 저 모레 입대합니다."

"벌써 그 나이가 되었구나."

"저는 걱정 마시고 어머니 건강이나 잘 챙기세요."

"우리 아들이 이렇게 씩씩하게 자라줘서 고맙구나."

"그리고 이거……."

"그게 뭔데?"

"제가 조금씩 저축해서 모은 돈입니다."

"무슨…… 안 된다. 네가 알아서 쓰렴."

"저는 젊음과 패기가 있잖아요. 얼른 받으세요."

"고맙다. 장가가는데 보태마."

모자는 이산가족 상봉 후 다시 생이별하는 것처럼 석별의 정을 나눴고, 아들은 이틀 후 스포츠형 머리를 한 채 버스에 몸을 실었다.

8

남자는 타지역에 살면서 가끔씩 전화만 해댔다. 그리고 매월 보내던 송금액이 절반으로 줄어들었다. 도박에 더욱 빠졌거나 젊은 여자와 새살림을 차렸으리라는 예감이 들었지만 결코 묻지 않았다. 가장이자 기둥이라는 생각이 무너진 지 이미 오래전이고 이젠 가족의 구성원으로부터 근본적으로 제외시키려는 단계에 이르렀기 때문이다.

남자는 양다리를 걸친 채 험준한 계곡을 위태롭게 걷고 있는 것일까? 피라미드의 정점에서 쿠푸왕 같은 역할을 하기는커녕 230만 개의 주춧돌 중에 단 한 개의 역할도 제대로 하지 못한 채 비열한 밑바닥 인생을 살아가고 있는지도 모른다. 그저 서류상의 남편이자 아버지 그 이상도 이하도 아닌 존재로 전락한 것이다.

그 여자의 설거지 인생이 20년 가까이 되자 반세기를 넘긴 지천명知天命의 나이가 되었다. 그리고 아들의 결혼식이 고개를 내밀었다.

결혼식을 며칠 앞둔 어느 날, 모자간의 긴밀한 대화가 오갔다.

"어머니! 이제 식당 일은 그만두시는 게 좋을 것 같은데요."

"아직까진 괜찮다."

"제가 더 열심히 일 해서 용돈 많이 드릴게요."

"말이라도 고맙구나. 아들아!"

"그냥 괜히 하는 말 아니에요. 어머니!"

"알았다. 생각해보마."

"꼭 그렇게 해주세요. 그동안 정말 수고 많으셨어요."

"……."

그 여자는 아들의 짧은 위로의 말에 힘겹게 버텨왔던 수십 년의 세월에 대한 모든 보상을 받은 느낌이 들었다.

그리고 크리스마스 캐럴이 울려 퍼질 무렵의 주말에 결혼식이 거행되었다. 신랑 측 아버지의 자리는 공석이었다. 비록 떳떳하진 못할지라도 핏줄의 대행사에 자리만이라도 지켜줄 것을 여러 차례 권했지만 그 남자는 끝내 거절했다.

결혼 행진곡과 함께 신혼여행을 떠난 그 날 밤, 여자는 주방에 홀로 앉아 자작으로 소주 한 병을 들이켰다. 연애 시절 이후로 거의 마시지 않았던 술인데 과다 복용 수준이다.

반세기의 생애와 결혼 후 30년의 세월이 오늘의 아들 결혼식으로 결실을 맺었다는 자축성 음주일까?

축복받아야 할 그 자리에 멀쩡하게 살아있는 지아비의 부재로 인한 허무함을 달래기 위한 위로주인가!

그 여자는 며칠 후 식당일을 그만두었다. 이미 고인이 되신 자신의 부모와 탕아가 된 지아비를 대신해서 아들의 뜻을 따르기 위한 여심인지도 모른다.

그리고 한 달 후에 아파트 미화원으로 재취업했다. 오전 9시부터 오후 4시까지 일하는데 노동의 강도나 시간으로 봐서 식당 일보다는 훨씬 수월했다. 단지 급여가 반 토막 수준이라는 사실이 그 자리를 채우고 있었다. 하지만 어느 정도 먹고 살 만큼 저축을 해놓은 상태이기에 큰 문제는 되지 않았다.

새로운 직장에서 일한 지 2년 후에 딸의 결혼식을 올리게 되었다. 이번에도 아버지인 그 남자는 거절 의사만 밝혔을 뿐 결코 나타나지 않았다. 어쩌면 나타날 수 없었을지도 모른다.

그리고 1년 후에 손자 녀석이 태어나 할아버지를 대신하여 그 빈자리를 채워주었다.

여자는 회갑이 될 때까지 미화원 일을 계속했고 세 명의 아기로부터 할머니와 외할머니의 자랑스러운 감투를 쓰게 되었다.

여자는 나름대로 정한 정년퇴직 후 번갈아 가며 손자, 손녀들을 돌봐주는 낙으로 살아가고 있다. 어린 것들이 천진난만한 모습으로 재롱을 피울 때면 이 세상 그 누구보다도 행복감을 느끼기도 했다.

그러다가 그 남자의 사망 소식을 접했다. 아마 동거녀로부터 연락이 온 것 같았다. 그 여자는 조금도 서글프지 않았다. 한편으론 홀가분한 기분이 들기도 했다. 하지만 장례마저 외면할 수는 없었다. 유언이나 유산 같은 건 없었고 '미안하고 고맙다'는 말만 전해달라고 했단다.

그렇게 해서 한 사람의 인생이 막을 내렸다. 비문에 쓸 말이 떠오르지 않았다. 그보다는 비석을 세워야 하는 건지 의구심이 들 정도였다.

그래도 아버진데 비석과 비문이 있어야 한다고 아들과 딸이 강하게 주장해서 어머니인 그 여자는 마지못해 그 뜻에 따랐다.

'여기 우여곡절의 생을 살다 간 한 남자가 묻히다.'

세월이란 작자는 1년에 한 번씩 '나이'라는 진수성찬을 먹으며 배 두드리고 사는데 세월 앞에 장사 없는 나약한 인간은 세월의 노예가 되어 오늘도 맹종하며 살아가고 있다는 사실만이 묘비 주위를 맴돌고 있었다.

9

그 남자가 저 세상으로 떠난 후 덧없는 세월이 또 10년쯤 지났다. 그 여자 또한 세월에 순응한 듯 칠순을 훌쩍 넘긴 상태다. 손자, 손녀들도 모두 초등학생이 되었고 더 이상 재롱 피우는 모습을 볼 수가 없다.

아들이 함께 살자고 했지만 번거로운 짐이 될까 봐 극구 사양했다. 그래서 조그만 임대 아파트에서 홀로 살고 있는데 서서히 치매 증상이 고개를 내민다. 집 근처 재래시장에서 물건을 산 뒤 집을 찾지 못해 동네를 몇 바퀴 돌고 나서야 겨우 찾아올 때도 있었다.

그러던 어느 날, 동네 치안 센터로부터 아들에게 전화가 왔다. 밤늦도록 집시처럼 방황하던 노인네를 야간 순찰조가 발견해서 정중히 모셨는 모양이다. 그리고 전화기의 단축번호를 보고 연락했다고 했다.

그래서 남매가 신중하게 의논해서 요양원으로 모셨다.

'현대판 고려장'이라는 요양원 생활이 시작되었다. 처음엔 낯설고 불편했으나 차츰 적응이 되어갔다. 요양 보호사가 친정어머니처럼 지극정성으로 대하니 자연스럽게 그 여자의 딸이 되었다.

"어머니! 잘 주무셨어요?"

"으응! 밥 줘."

"알았어요. 조금만 기다리세요."

"으응! 빨리 줘."

"세수하고 나면 금방 가져올 거예요."

"알았어. 나 배고파."

"자, 얼른 세수하러 가시지요."

"……."

가끔씩 아들과 딸이 손자, 손녀들을 대동한 채 찾아왔다. 침상에 누워있던 그 여자는 후손들의 면면을 한참 동안 바라보다가 길게 한숨을 내쉰 뒤 내뱉는다.

"잘 모르는 사람들이 우리 집에 뭐하러 왔당가."

아직까진 아들과 딸은 알아보겠는데 며느리와 사위, 그리고 손자, 손녀들은 흐린 기억 속으로 사라져가고 있는 모양이다.

붉은 태양이 서산 너머로 사라져 간다. 저녁밥을 먹은 뒤, 커튼 틈 사이로 보이는 석양의 노을이 여자의 마음을 더욱 스산하게 한다.

여자는 아무 말 없이 두 눈을 지그시 감았다. 어렸을 때 고생하면서 살아왔던 나날들이 스쳐 지나간다. 남자를 만나 한때나마 행복했던 시절도 그리워진다.

두 아이들을 낳고 키우느라 동분서주했던 한창 젊었었던 날들도 떠오른다. 하지만 거기까지였다.

자식들의 결혼과 손자, 손녀들의 출생, 그리고 남자의 죽음 등은 전혀 생각나지 않는다. 베타아밀로이드라는 독성 단백질이 뇌세포를 거의 잡아먹었기 때문인가. 그 여자는 황혼의 마지막 햇살을 붙잡고 엷은 미소를 지으며 자문자답 해본다.

'어디서 왔당가? 엄마 뱃속에서 왔지.'

'어디에 살고 있는가? 하늘 아래에서 살고 있지.'

'어디로 가고 있는가? 염라대왕 심부름꾼 하러 가고 있지.'

'행복하게 살고 있는가? 시방 근심 걱정이 하나도 없으니 너무 너무 행복하지.'

그 여자의 요양원 생활은 건망증 증세가 심해질수록 '밥벌레의 행복' 같은 나날로 점점 무르익어만 가고 있다. 삿갓 쓴 나그네나 정처 없는 하숙생 같은 모습을 한 채로…….

모든 새

1

창공은 새들의 놀이터이자 양식장인지도 모른다. 가장 높이 나는 기러기는 1만m 상공에서 한반도 전체를 아우르며 먹잇감을 분석한다.

그러다가 여의도 상공을 날아갈 땐, 밥알만한 국회의사당 건물 안에서 서로 잘났다고 삿대질 하는 꼬락서니를 보면서 가소로운 웃음을 짓는다.

가장 멀리 날아가는 제비갈매기는 1년 동안 1만 2천km를 줄기차게 날아간다. 군대에서의 천리행군을 30번이나 할 수 있는 거리다.

반면, 우리 동네 제비는 높낮이를 조절해가며 날아다닌다. 청명한 날은 높이 날고 흐린 날은 낮게 난다. 금세 빗방울이 떨어지면 신속한 귀가를 위한 본능적인 감각이리라. 혹은 두 눈 부릅뜬 채 아름답고 마음씨 고운 짝을 찾고 있는지도 모른다.

이러한 새들은 이미 수만 년 전부터 이해 충돌 방지법을 제정하여 시행 해왔다. 그래서 공중에서 서로 부딪치는 일이 없다. 그저 자유롭게 허공을 비행하며 유유자적 할 뿐이다. 또한 새들은 우주로 날아갈 수도 없다. 숨을 쉬려면 중력이 필요하기 때문이다.

파충류에서 진화한 새는 종교마다 그 의미가 다르다고 한다. 불교에서는 '가루라'라고 일컫는데 불법을 지키는 새로 해석된다.

도교에서는 9만 리를 한 번에 날아가는 '붕새'로 불리고 유교에서는 태평성대를 뜻하는 '봉황'이라고 한다.

지구상에 존재하는 새들은 약 1만 종인데 우리 한반도에서 볼 수 있는 새는 350여 종이다. 그중 터줏대감 노릇을 하는 토종 텃새가 약 100종이고 흔들리는 침대를 찾아 철 따라 거주지를 옮겨 다니는 철새가 150여 종이다.

철새 중에는 여름 무렵에 한반도에 왔다가 겨울이 되면 따뜻한 남쪽 나라로 떠나는 여름 철새가 50여 종이고 늦가을에 왔다가 봄이 되면 다시 춥디추운 시베리아로 떠나는 겨울 철새가 100여 종이다. 그리고 김삿갓처럼 방랑 3천 리를 일삼는 나그네새가

100여 종이다.

주로 공중에서 곡예비행을 하는 새들의 체온은 평균 40~42℃로 사람보다 5℃정도가 더 높다. 그래서 자주 목욕을 한다.

물속이 됐든 흙먼지가 됐든 한바탕 뒹굴고 나면 '어! 시원하다'고 느끼는가 보다.

피서를 즐기려는 여름 철새에는 제비, 뻐꾸기, 꾀꼬리, 솔부엉이, 해오라기, 뜸부기, 왜가리, 저어새, 황새, 소쩍새, 칼새, 개개비 등 50여 종에 이른다.

제비는 건물이나 교량의 틈새에 둥지를 트는데 귀소성이 강해서 여러 해 동안 같은 지방에 돌아오는 경우가 많다고 한다. 주로 중양절(음력 9월 9일) 무렵에 떠났다가 삼짇날(음력 3월 3일) 무렵에 오는데 숫자가 겹치는 날 가고 오는 총명한 영물로 인식되어 길조吉鳥로 여겨왔다.

그래서 흥부가 제비 다리를 고쳐 주었더니 '보은 박씨'를 물어와 금은보화가 열리게 했는지도 모른다.

뻐꾸기는 수컷이 '뻐꾹 뻐꾹'하고 울어대는데 암컷을 부르는 소리다. 암컷은 '삐삐삐삐'하는 소리를 내며 화답 하는데 하룻밤 만리장성을 쌓고 나면 수컷은 말없이 어디론가 사라져버린다. 그러니까 물총만 쏜 뒤 또 딴 논에 물을 대기 위한 행보인지도 모른다.

암컷은 산란기가 되면 자기 보금자리에 알을 낳지 않고 때까치, 멧새, 종달새, 할미새 등의 둥지에 1~3개 정도의 알을 낳는다. 이를테면 알을 다른 새에게 맡겨 기르게 하는 탁란托卵이다. 그래서 뻐꾸기는 무책임한 부모에게서 태어난 안타깝고 불쌍한 새이기도 하다.

아름다운 목소리를 자랑하는 꾀꼬리는 어떠한가. 외로워서 구애를 바라서인지 온 몸을 노란 페인트로 도배한 듯한 모습인데 짝짓기가 성사되면 암·수가 한 지붕 아래에서 한 이불 덮고 산다.

삼국사기에는 암·수가 사이좋게 노니는 것을 읊은 '황조가'가 전해진다. 그래서 예로부터 시나 그림의 소재로 애용되었고 관상용으로 기르기도 한다. 야간 활동 전문가인 솔부엉이, 매복의 고수인 해오라기, 은밀하게 이동하는 뜸부기, '으악, 으악' 우는 소리를 듣고 '아~ 아~ 으악새 슬피 우는 가을인가요' 라는 노랫말을 짓게 한 기다림의 고수 왜가리, 주걱처럼 생긴 부리를 물속에 넣고 휘저어 먹이를 찾는 저어새, 110cm의 장신이어서 큰 새라는 뜻의 '한 새'로 불린 황새, '솟쩍'하고 울면 다음 해에 흉년이 들고 '솟적다'라고 울면 풍년이 든다는 소쩍새, 시속 170㎞로 비행하면서도 공중 교미를 하는 가장 빠른 새인 칼새, 6천m이상 상공에서도 30여 시간을 비행하는 개개비 등이 여름 철새로 불린다.

그러던 어느 날, 땡볕이 내리쬐는 6월 말경에 나뭇가지 그늘 아래에서 여름 철새 대표 7인방의 반상회가 열렸다. 수컷들은 바쁘다는 핑계로 불참한 가운데 암컷들만의 말잔치가 벌어졌다.

날씬한 제비가 먼저 말을 꺼냈다.

"처마가 부족해서 갈수록 둥지 공사가 어려워. 무도장을 중심으로 날라리 같은 인간 제비들이 우리 얼굴에 먹칠하기도 하고 말야."

그러자 뻐꾸기가 말을 이었다.

"난 임신 중인데 우리 남편은 가출한지 한 달이 지났어. 아니, 딴 년들을 찾아 나섰을 거야. 그래서 나도 딴 집에 새끼를 낳으려고 해. 이를테면 복수 하는 거지."

듣고만 있던 꾀꼬리가 만면의 미소를 띤 채 대꾸한다.

"우리 신랑은 한 눈 팔지 않고 나를 너무너무 사랑해줘. 지금도 먹이 사냥을 나갔지. 그리고 성악 등 음악 좀 한다는 인간들이 우리 목소리를 몹시 부러워 해. 조상님 덕이지 뭐."

그러자 왜가리가 부러운 표정을 지으며 말했다.

"난 으악새도 아닌데 으악, 으악 하며 슬피 운다고 하네. 그리고 백로와 이웃사촌이어서 구분이 잘 되지 않지. 길거리에서도 툭하면 아는 체를 해서 곤란할 때가 많단 말씀이야."

한쪽 모서리에 있던 저어새가 한마디 거든다.

"우린 지구상에 2천4백여 마리밖에 없는 희귀종이야. 그리고 주걱처럼 생긴 부리를 휘저어 물속에 있는 고기들을 잡아먹지. 한번 휘젓기 시작하면 쓰나미 같은 파도가 인다니까. 여기서도 휘저을 수 있으니 조심들 하는 것이 좋을 거야."

말이 끝나자마자 저어새보다 무려 40cm나 더 큰 황새가 가소로운 표정을 지으며 운을 뗀다.

"내 키는 1m가 넘어. 그래서 '한 새'로 불리기도 하지. 뱁새가 나를 쫓아오다가 지금도 가랑이가 찢어져 나뒹굴고 있다는 거 아냐. 누가 더 조심해야 되겠어?"

맨 뒤쪽에 서 있던 칼새가 마침표를 찍는다.

"난 고속도로 규정 속도보다 60~70km 더 빠르게 날아다니지. 육상스타 우사인 볼트도 못 따라 올걸. 날면서도 섹스를 즐기지. 멋있지 않나?"

그러면서 오늘의 반상회는 막을 내렸다. 그 후로도 매월 말경 별 의미 없는 반상회가 여러 차례 열렸다. 그리고 늦가을이 되면 따뜻한 남쪽 나라로 떠났다가 다음해 봄이 되면 다시 모여 연다. 단지 안타까운 현실은 지구 온난환지 산업환지로 인해 점점 숫자가 줄어들고 있다는 사실이다.

시베리아의 혹독한 추위를 피해 한반도에 잠시 머무르는 겨울 철새는 갈매기, 기러기, 백조(고니), 두루미, 독수리, 청둥오리, 멧새, 따오기 등 1백여 종이 있다.

바다를 누비는 대표적인 새인 갈매기는 먹이 찾기와 약탈의 고수라고 한다. 꽁치와 청어 등을 잡아먹고 사는 갈매기는 유람선 꽁무니를 따라다니며 공중으로 던져주는 새우깡을 잘도 받아먹는다. 그 중 괭이 갈매기는 아예 텃새로 변신하여 한반도 바닷가를 누비고 다닌다.

몸무게가 가장 무거운 기러기는 수면을 활주로 삼아 달리다가 이륙을 시도한다. 한번 짝을 지으면 평생 부부관계를 유지하고 한쪽이 먼저 죽으면 따라 죽어 백년해로를 상징하는 새이기도 하다. 처자식을 함께 외국으로 유학 보내놓고 나 홀로 남아 돈만 송금하면서 외로움과 벗하는 처량한 신세로 전락한 탓에 '기러기 아빠'라는 신조어를 탄생시켰는지도 모른다.

고니로 불리는 백조 역시 기러기와 비슷한 성품을 지녔다. 머리가 하트 모양이어서인지 평생 한 새만 바라보는 진정한 사랑꾼이고 수면을 달리다가 탄력을 받은 후 비행하는 것 역시 기러기와 매우 흡사하다.

백조와 사촌지간인 두루미는 학鶴이라고도 한다. '뚜루루루~ 뚜루루루~'라고 우는 소리에 두루미라는 이름이 붙여졌다고 하는데 번식기가 되면 아이돌 그룹 멤버처럼 구애 춤을 춘다. 80년

씩이나 사는 장수 새이며 항상 왼발로 서서 잠을 자는 미스터리 새이기도 하다. 또한 우리가 사용하는 500원짜리 동전 앞면의 주인공임을 자랑스러워한다.

조수의 왕인 독수리는 바람을 이용하여 날개짓한다. 이를테면 행글라이더와 비슷한 기능이다. 주로 병들어 죽어가는 짐승이나 시체를 먹고 산다. 그래서 육지에서의 하이에나와 동서지간인지 모른다. 용맹스럽고 잔인할 것 같은 인상과는 달리 몸이 둔하여 살아있는 동물의 포획에 실패하는 경우가 많다. 그래서 '독수리도 파리는 못 잡는다'는 비아냥 섞인 속담이 생겨났다.

이밖에도 수백~ 수천 마리의 무리가 v자 형태로 무리지어 날아다니며 생활하는 청둥오리, 참새와 비슷하게 생겼지만 꼬리가 더 긴 멧새, '보일 듯이 보일 듯이 보이지 않는'이란 동요를 짓게 한 따오기 등이 있다.

여름 철새가 한반도에서 생활할 때 매달 반상회를 연다는 소식이 알려지면서 겨울 철새들도 고민 끝에 월간 친목회를 열자는데 합의했다. 그래서 10월의 마지막 날 첫 모임을 가졌다.

여름 철새와 비슷한 숫자가 양지 바른 언덕배기에 모여 화기애애한 분위기 속에서 대화를 시작하였다. 겨울 철새의 대표주자격인 갈매기가 포문을 열었다.

"우린 바다를 아름답게 꾸미는 인테리어 업자들이나 다름없지. 특히 부산에 가면 인기 짱이야. 한반도가 너무 좋아 괭이 갈매기는 아예 이곳 텃새로 변신해서 사시사철 살고 있다니까."

그러자 몸도 마음도 가장 묵직한 기러기가 한마디 한다.

"기러기 울어 예는 하늘 구만리! 바람이 싸늘 불어 가을은 깊었네. 이런 멋진 노랫말을 들어본 적 있어? 연인들 사이에서도 우리를 본받으려고 안달이 났지 뭐야."

기러기의 말이 끝나자마자 백조가 재빨리 말을 이었다.

"덩치 큰 기러기 형님! '사랑'하면 백조 아닌가. 우린 아예 머리 자체가 하트 모양이야. 사랑의 원조는 뭐니 뭐니 해도 백조니까 잠자코 있어줬으면 좋겠는데……."

듣고만 있던 두루미가 입이 간질거리던지 재빨리 끼어든다.

"난 두루미가 본명이고 학은 예명이야. 인간들의 수명과 비슷하게 사는데 항상 외발서기 취침 자세를 취하지. 아마도 그게 장수 비결이 아닐까? 오죽 샘이 났으면 5백 원짜리 동전에 나를 그려 넣었겠어?"

윗목에 앉아서 샛노란 눈동자를 굴리던 독수리가 소리친다.

"내가 새들의 왕이라는 사실은 익히 알고 있지? 하지만 포악한 성질은 아냐. 까치나 까마귀 등의 텃새가 까불어도 너그럽게 애교로 받아주고 말아. 난 살생을 싫어해. 그래서 죽거나 썩은 고기를 즐겨먹지. 독수리의 '독禿'은 '대머리'란 뜻이지 '독살스럽다'는 뜻은 결코 아냐. 너무 겁내지들 말아."

귀퉁이에서 쭈그리고 앉아있던 청둥오리가 작은 목소리로 꽥꽥하며 대꾸한다.

"우린 울긋불긋한 총천연색인데 어느 유명 화가도 그려내기 힘들 정도로 아름답지. 그리고 항상 단체 행동을 해. 승리의 v자를 그리며 창공을 날아다니는데 인간들이 장관이라고 칭찬이 자자하단 말씀이야."

참새의 사촌인 멧새가 방앗간 들르듯이 입방아를 찧는다.

"우린 '찟! 찌르르르, 쪼르르르' 등 다양한 레퍼토리를 지닌 성악사 출신들이야. 자네들이 무대만 차려주면 얼마든지 무료 공연이 가능하니까 한반도에 있을 때 자주 이용 하시게나."

그러면서 친목회의 마침표가 찍히려고 한다. 이때 동쪽 하늘이 더욱 밝아지더니 따오기의 동영상이 비춰지면서 바리톤 음성이 들려온다.

"어이, 친구들 안녕! 나도 겨울 철새인데 동작이 좀 굼뜨거든. 그래서 고기를 좋아하는 인간들이 우리들을 모두 포획해서 먹어치웠지 뭐야. 그런 까닭으로 반세기 전에 멸종당하고 말았지. 이젠 육신은 사라지고 영혼만 떠도는 신세야. 자네들도 인간들을 믿지 말고 조심하게나. 내 말 꼭 명심해야 해."

겨울 철새들의 친목회는 서서히 막을 내리고 10월의 마지막 날이 저물어가고 있다.

그들은 여름 철새들보다는 더 알차고 뜻 깊은 모임이었다고 스스로 자평하면서 서로 얼싸안고 부리를 비벼대며 우정을 과시했다. 그리고 만찬이 준비되어 있는 연회장으로 서서히 행진을 시작했다.

여름 철새와 겨울 철새들이 오가는 걸 지켜보는 토종 터줏대감 새들이 있다. 텃새로 불리는 참새, 까치, 까마귀, 올빼미, 꿩, 딱따구리, 매, 멧비둘기, 괭이갈매기, 메추라기, 종다리 등을 가리킨다. 이들은 텃새로서의 자부심과 긍지를 지닌 채 때론 텃세를 부리기도 한다.

텃새 중 대표 5인방 안에 드는 참새는 '짹 짹 짹'하며 조잘대는데 곡식이나 풀씨, 곤충 또는 해충을 잡아먹고 산다. 그래서 농부들에겐 '죽이지도 살리지도 못하는 애매모호한 새'이다.

농사짓는 시골 아저씨가 곡식이 무르익을 무렵 허수아비를 설치 해놓고 하루 종일 꽹과리를 치면서 쫓아내는 일이 주요 일과 중 하나다.

참새는 출퇴근 할 때도 방앗간에 들러 사람들의 주식이나 간식을 훔쳐 먹어 애물단지로 전락하기도 한다. 또한 떼로 몰려다니며 전깃줄을 휴게소나 졸음 쉼터로 일삼다가 '참새 시리즈'를 탄생시키기도 한다.

참새보다 두 배 정도의 크기인 까치는 잡식성이어서 찬밥 더운밥 안 가리고 아무거나 닥치는 대로 먹는다. 『삼국유사』에는 계림의 동쪽 아진포에서 까치소리를 듣고 배에 실려 온 궤를 얻어 열어보니 잘생긴 사내아이가 있었는데 훗날의 탈해왕이 되었다는 석탈해 신화가 실려 있다. 이로 인하여 까치는 귀한 인물이나 손님의 출현을 알리는 길조로 여겨지게 되었다.

또한 민간 세시풍속에 칠월칠석날 까치가 하늘로 올라가 견우직녀의 만남을 돕고자 오작교를 놓았다고 전해진다. 그래서 그런지 가을이 되면 홍시나 대추 등은 까치밥으로 남겨두는 미풍양속이 계속 이어져 오고 있다.

까치와 비슷한 시커먼 까마귀는 매우 영리한 동물이다. 그래서 호두나 조개를 양 발로 붙잡고 하늘 높이 올라 바위에 떨어뜨려 맛있는 식사를 한다. 그리고 위험한 상황에 처하면 '까악까악' 하고 울어 동료들에게 알린다.

하지만 그들 중 리더가 없어 무질서하게 우왕좌왕하기 때문에 '오합지졸烏合之卒'이란 말도 생겨났다.

올빼미는 단독으로 살면서 밤에만 활동하는 야행성 동물이다. 낮에 나뭇가지에 앉아 휴식을 취하면서 움직이지 않는다. 그러다가 밤이 되면 주로 곤충을 잡아먹는데 날카로운 발톱으로 들쥐를 잡아 부리로 찢어먹기도 한다.

텃새 5인방 중 마지막인 꿩은 일부다처제가 보장되어 있다. 그래서 장끼로 불리는 수컷은 화려한 색깔과 장식을 갖고 있으며 암컷보다도 덩치가 더 크다. 사나이의 위용을 과시하기 위한 것인지, 오늘 밤도 새로운 연인과의 첫날밤을 보내려고 유혹하는 건지는 잘 모른다. 암컷은 까투리, 새끼는 꺼병이로 불린다.

딱따구리는 힘이 세고 발톱이 날카로우며 구멍 뚫기의 명수다. 뾰족한 부리로 구멍을 뚫은 다음에 가시가 달린 가늘고 긴 혀를 구멍 속에 넣어 딱정벌레의 유충 따위를 끌어내서 먹는다. 애인을 잃은 허전함 같이 뻥 뚫린 구멍들은 소쩍새나 올빼미가 무상으로 임대하여 사용하기도 한다.

매는 주로 해안과 도서지역 암벽에서 서식하는데 순간 시속 4백㎞로 급강하 하면서 사냥한다. 그중 사냥에 쓰인 종류가 참매인데 보통 송골매라 부르고, 앳된 새끼 때부터 길들인 1년짜리 매를 '보라매'라고 부른다.

방향감각과 귀소본능이 뛰어난 비둘기는 장거리 비행에도 끄떡없다. 그래서 군용이나 통신용으로 쓰였는데 이를 전서구傳書鳩라 한다.

우리나라에 네 종류의 비둘기가 사는데 통상 산비둘기로 불리는 멧비둘기, 흑비둘기, 염주비둘기가 있고 집비둘기와 비슷한 양비둘기가 있다.

이외에도 겨울 철새였다가 한반도가 좋아 텃새로 변신한 괭이갈매기, 날개나 몸통이 누더기를 걸친 것 같아 '겸손한 선비'로 불리는 메추라기, 노고지리나 종달새로 불리기도 했던 종다리가 있다.

이들 토종 텃새들은 사시사철 얼굴을 맞대고 살다보니 별로 반갑지도 않고 할 말도 없지만, 철새들의 단합된 모습과 고군분투, 그로 인한 텃새들의 식량 부족으로 인해 대책 강구 차원에서 수시로 임시총회를 열곤 한다.

참석 대상은 주요 토종 10종인데 헌법 개정에 필요한 2/3 이상의 의석을 차지하는 대표 8인방 새들이다.

회의 시작을 알리는 종소리가 울리자마자 참새가 짹짹거리며 지껄인다.

"방앗간도 점점 줄어들고 참새 시리즈로 인해 수많은 동료들이 사망하여 종족 보존이 힘들어지고 있단 말씀이야. 그리고 허수아비 대신 허수어미를 세워두면 덜 무서울 텐데 말이야."

그러자 까치가 맞장구를 친다.

"우린 길조라고 예우하면서 늦가을에 까치밥을 남겨놓고 정월

대보름날은 진수성찬을 차려주지만 그것으로는 절대 부족이야. 아무래도 특별법을 제정하던지 집단행동으로 우리들의 뜻을 관철시켜야 될 것 같은데 말야."

까치와 비슷하게 생긴 까마귀가 한숨을 내쉬면서 중얼거린다.

"우린 개인적으로 모두 영리하지만 단결심이 부족해. 그래서 고졸 이상의 군대지만 늘 오합지졸이란 불명예를 안고 살지. 그리고 날자마자 느닷없이 배가 떨어져 곤혹스런 속담도 생기고 말야. 먹고 살기도 어려운데 이중고를 겪고 있다니까."

눈이 똥글똥글해서 공포의 카리스마를 풍기는 올빼미도 가세한다.

"난 낮에 오수를 즐기는데 어치나 참새들이 공격하는 시늉을 해도 그냥 애교로 봐줘. 운 좋으면 밤에 들쥐를 잡기도 하지. 아직 끼니 걱정은 없지만 점점 먹잇감이 줄어드는 양상이라 근심이 쌓여가고 있다니까."

이때 꿩(장끼)이 재빠르게 끼어든다.

"난 말이야. 콩이나 풀씨, 열매나 곤충들을 먹고 사는데 처자식이 주렁주렁 열려있다시피 하니 버겁기 그지없군. 이대로 가다간 종족 보존 능력이 뚝 떨어져 멸종당하지나 않을까 걱정이야."

그 와중에도 한쪽 구석의 나무에 초당 20회 정도의 빠른 속도로 구멍을 뚫고 있던 딱따구리가 한마디 한다.

"나는 먹고 살기 위해 주둥이로 열심히 나무를 쪼아가고 있는데 이젠 늙었는지 하루에 두 그루 밖에 뚫지 못해. 어제는 저 아랫동네에 사는 어떤 아주머니가 산밭에 가다가 나를 보더니 '앞산에 있는 딱다구리는 없는 구멍도 뚫는데 우리 집 멍텅구리는 있는 구멍도 못 찾네' 하면서 한숨짓지 않겠어? 나도 힘들어 죽겠는데 말야."

그러자 매가 매우 빠른 속도로 지껄인다.

"난 번개 같은 속도로 바닷속에 다이빙하여 물고기를 잡다보니 뇌진탕이 일어날 정도로 힘들구먼. 단지 위안이라면 공군에서 '창공을 나르는 보라매' 라고 칭찬 해주고, 거의 반세기 전의 가요계에서 '송골매'라는 그룹을 만들어줘 내 위상을 드높여주지 않았겠어?"

회의장 구석 끝부분에 쭈그리고 있던 비둘기가 마지막 발언권을 얻었다.

"내가 전서구 노릇을 하면서 주로 인간들이 주는 먹이를 쪼아먹으며 생계를 유지 하다 보니 야전 감각이 뒤떨어진 나약한 동물로 전락했다는 거잖아. 다시 산으로 쫓아내면 굶어 죽을지도 몰라."

그렇게 해서 텃새들의 임시 총회가 막을 내렸다. 뚜렷한 성과도 없이 여름 철새와 겨울 철새, 그리고 인간들을 미워하며 밥그릇 싸움의 버거움을 실토한 푸념 섞인 회의였다.

철새와 텃새들의 세력에 다소 의기소침해진 나그네 새들이 언제부턴가 우리 가요를 개사해서 따라부른다.

우리는 나그네 새~ 북쪽에서 살다가 남쪽으로 내려간다네
우리는 뜨내기 새~ 남녘에서 살다가 북녘으로 돌아간다네

나그네새들은 만주 벌판이나 시베리아에서 서식을 하다가 9~10월경 한반도에서 잠시 머문 다음, 인도차이나 반도나 말레이 반도 등으로 내려가 겨울을 보낸다.

그리고 다시 4~5월경에 한반도를 경유하여 만주나 시베리아로 날아가 여름을 보내는 새이다. 그러니까 냉동 창고는 싫고 신선한 냉장고를 좋아하는 새라고 해야 하나?

한반도에 거주하는 나그네새는 도요새, 물떼세, 울새, 촉새, 동박새 등 1백여 종에 이른다. 도요새는 참새 크기부터 비둘기 크기까지 있는데 꼬가도요, 좀도요, 민물도요, 종달도요 등 37종이 있다.

물떼새도 도요새 크기인데 사람이 다가가면 한쪽 날개를 땅에 질질 끌면서 부상당한 것처럼 행동한다. 동정심을 유발하여 자신

을 보호하려는 기만전술인 셈이다. 갯벌, 습지, 해안 등에서 서식하는데 우리나라엔 11종이 있다.

울새, 촉새, 동박새 등도 김삿갓 이전부터 비슷한 전철을 밟아온 새들이다.

땅 위에서는 사람과 자동차와 들짐승들이 뒤엉켜 살고 하늘에서는 구름과 별들과 비행기와 새들이 부대끼며 산다.

사람들은 의·식·주 해결과 부를 축적하기 위해 저마다의 능력을 최대한 발휘하면서 아등바등 살아가지만 들짐승들은 오로지 배고픔만 해결되면 만사형통이다.

창공을 나는 새들 또한 마찬가지다. 보잘 것 없는 가냘픈 체구를 유지할 수 있는 최소한의 먹이만 있으면 더 이상 욕심 부리지 않는다. 그러면서 아름다운 곡예비행을 선보이고 대중가요와 성악을 아우르는 목소리로 우리 인간들을 기쁘게 한다. 그러니까 지붕 없는 초대형 연극 무대에서 4막 5장보다 훨씬 긴 축하 공연을 펼치며 산다.

그리고 사람들처럼 종족 보존을 위한 그들만의 독특한 방식으로 삶을 영위해 나간다. 그러므로 지구의 종말이 도래하지 않는 한 '새들의 새들에 의한 새들을 위한' 새의 역사는 계속되리라고 확신한다.

2

여러해살이 풀인 억새는 높이 1~2m로 사람 키와 비슷하다. 주로 야산에서 자라는데 9월쯤에 부채꼴 모양으로 꽃이 핀다.

잎은 지붕을 잇거나 소나 말의 먹이로 쓰고 뿌리는 이뇨제로 사용된다.

억새와 비슷한 갈대는 줄기 속이 비어있고 주로 물가나 습지가 있는 곳에서 산다.

어느 날, 억새와 갈대가 계곡 아래쪽 외나무다리에서 마주쳤다. 억새가 업무차 하산하는 길이었다.

"어이, 갈대! 그대는 어디를 가느뇨?"

"안녕! 억새구만. 축축한 데만 있다 보니 계속 미끈거려서 말야."

"그래서 산행을 하려고?"

"그렇다네. 자네가 살아가는 모습과 살림살이 형편도 볼 겸 해서 말일세."

"자네와 난 생김새나 성격 모두 비슷한데 새삼스럽게……."

"그래도 이웃사촌이란 말이 있잖은가. 반갑네."

"반갑다니 다행이구만. 내가 좀 바쁘니 길 좀 비켜주게."

"내가 찾아온 손님이니까 자네가 양보해야지."

"말도 안 되는 소리 작작하고 빨리 비키라니까 그러네."

"안되지. 억새가 이렇게 억세게 나오면 곤란하지."

"그럼, 한판 뜰까?"

"좋지. 저기 보이는 뻘밭으로 가세."

"거긴 자네 홈그라운드 아닌가! 산 중턱에 체육공원이 있으니 그리로 가세."

"그렇다면 호수 옆 생태공원이 낫겠네."

"좋아! 억새의 억센 참 맛을 보여주지."

"'흔들리듯 흔들리지 않는 갈대의 순정'이 무엇인지 한 수 알려 줌세."

그 후로 억새와 갈대는 산과 강을 대표하는 장신의 잡풀 선수로 발탁되어 지금도 서로 잘 낫다며 티격태격 실랑이를 벌이면서 살아간다.

옥새玉璽는 왕의 도장을 말한다. 권위와 정통성을 상징하는데 사대교린의 외교 문서 및 왕명으로 행하여지는 국내 문서에 사용되었다. 또한 왕위 계승의 징표로 쓰였다.

옥새는 고대부터 대한제국(1897~1910)때까지 국왕의 인장이었는데 일제 강점기를 지나 해방 이후 대한민국 정부가 수립되면서 '국새'로 재탄생하였다.

그러다가 반세기가 지난 후 새천년이 밝아오자 옥새와 국새가 청와대 비서실에서 회동했다.

"옥새 형님! 그 동안 잘 계셨습니까?"

"국새 동생! 갇혀 있기만 하니 답답하구먼."

"일제 침략만 당하지 않았어도 옥새의 전통이 살아 있었을 텐데요."

"그러게 말일세. 약소민족의 설움이지."

"이제 아시아권에서는 선두 그룹이니 너무 심려치 마십시오."

"그럴까? 금새도 어떻게 지내는지 궁금하구먼."

"옥새나 금새나 형제지간 아닙니까? 비서실장이 잘 모시고 있습니다요."

"알았네. 또다시 명칭을 바꿔서 혼란스럽게 하지 않아야 할텐데……."

"걱정 마시죠 형님! 꼭 길이길이 보전하여 국국새나 세계새로 업그레이드 시키고야 말겠습니다."

"자네만 믿고 편히 지내다가 하직할라네."

"그리하시지요. 저도 후계자를 양성한 뒤 형님을 따르겠습니다요."

"그런 의미에서 건배를 하세. 얼씨구절씨구 대한민국 지화자!"

요새要塞는 적의 어떠한 공격에도 견딜 수 있도록 조직적으로 견고하게 구축된 군용 시설이나 시설이 갖춰진 전략적 요지를 말

한다.

영구 요새는 평시부터 구축되는데 지하 설비를 포함하여 견고한 진지에 각종 화기, 장애물, 통신, 관측, 거주 설비 등을 갖추고 충분한 탄약과 식량을 저장한다. 주거시설로 말하자면 붙박이장이나 다름없다.

야전 요새는 임시방편으로 구축하는데 진지 시설의 강도와 규모, 비축물자나 배치 무기 등이 수시로 변한다. 조립식 또는 이동식 주택에 비유된다.

이러한 요새는 1·2차 세계대전까지만 하더라도 방어전략의 큰 비중을 차지했었다. 하지만 항공기와 각종 무기 및 전투 기술이 발달한 요즘에는 영구 요새나 야전 요새 등의 군사적 가치가 낮아지고 있다.

'새천년에 접어든 요새에는 버튼만 누르면 모든 걸 박살내므로 붙박이장이나 이동식 주택 같은 요새 따윈 별 의미가 없다니깐 그러네.'

군복이나 경찰복은 통치와 권위의 상징처럼 보인다. 하지만 정부 수립 후 독재 정치로 얼룩진 우리 헌정사에선 위화감이 팽배해져 있다.

그러다가 10.26(1979) 이후 신군부가 정권을 찬탈하다시피 하면서 방향을 선회했다. 사복을 입고 대학교에 들어가 반정부 활동을 하는 학생들을 연행해간 것이다.

그래서 짭새가 탄생했다. '잡다'와 접미사 '쇠'의 합성어가 '잡새'를 거쳐 '짭새'가 된 것이다.

이때부터 새들의 전성시대가 도래하기 시작했다. 사진사는 찍새, 구두닦이는 딱새다. 딱새는 참새과의 작은 새이기도 하고 가재 비슷한 새우를 가리키는 경상도 사투리이기도 하다.

어찌됐든 80년대 초반에 대학교와 공원이 인접한 곳에서 우연히 새들이 모였다.

짭새 : 너희들 여기서 무슨 역적모의를 하는 거냐?

찍새 : 저 아래 유신 사진관에서 출장 나왔는데요.

딱새 : 광나라 본점에서 구두 닦으러 왔습니다요.

짭새 : 그래도 좀 수상한데…… 주민증 내놔 봐.

찍새 : 낼 모레면 회갑인데…… 짭새 양반!

딱새 : 불광 내드릴 테니 내밀어 봐요. 싸게 해드릴게.

짭새 : 알았고…… 우린 우연히 짭새, 찍새, 딱새의 3총사가 되었구먼.

찍새: 기념사진 한 장 찍읍시다요.

딱새: 딱 좋습니다요. 공짜로 닦아드릴게요.

이때 공원 숲 쪽에서 작은 새 한 마리가 퍼드득 날아오면서 한 마디 한다.

"나도 딱샌데 끼워주면 안될까? 짭새, 찍새 양반들! 전부 4인 방으로요."

살다보면 여러 가지 일들과 직면하게 된다. 학창시절엔 종생부(종합생활기록부)와 수능(수학능력시험)과 본고사 틈새에 끼어 옴싹달싹 할 수가 없다.

군대에 가면 고참들과 상관들 틈새에서 숨을 제대로 쉴 수가 없다.

대학 졸업 후 취준생(취업 준비생) 시절엔 졸업 성적과 스펙과 면접의 틈 사이에서 점점 오그라든다.

낙타가 바늘구멍을 뚫고 지나가듯 어렵게 취업이 된 후엔 상사들과 동료들의 틈새에서 거친 숨을 몰아쉬어야 한다.

드디어 제2의 인생이 시작되는 결혼 후엔 부모와 마누라 틈새에 샌드위치처럼 끼어 처신이 몹시 곤란하다.

또한 중소 기업체인 우리 회사에선 어떻게든 살아남기 위해서 '틈새 전략'을 짜내느라 분주하다.

그래서 독수리나 짭새보다도 틈새가 훨씬 무섭고 두려운지도 모른다. 아니다. 그 보다도 더 무서운 새가 있다.

태어나서 '응애 응애!'를 몇 번 외친 것 같았는데 금세 군대에 갈 나이가 되었고, 결혼 후 다람쥐 쳇바퀴 돌 듯 우리 집과 일터를 조금 왔다 갔다 한 것 같았는데 지천명의 나이가 되었으며, 회갑 고지가 산등성이에 펼쳐짐과 동시에 정년퇴직이 양 손을 벌리면서 반길 준비를 하고 있다.

인생살이가 눈 깜짝할 새다.

붙박이장 같은 텃새, 혹서기, 혹한기의 여름 철새와 겨울 철새, 그리고 방황하는 청춘처럼 갈팡질팡 하는 나그네새들이 하늘을 지배하고 있다면, 땅 위에선 인간 새들이 억새와 요새 같은 강한 마음가짐으로 옥새나 국새를 찍기도 하고 짭새들에게 시달리기도 한다. 또한 틈새와 눈 깜짝할 새를 뼈저리게 느끼면서 1세기도 채우지 못한 채 유통기한을 마감한다.

그래도 인간 새들의, 인간 새들에 의한, 인간 새들을 위한 역사는 영원하리라.

양 정부

1. 정부情婦

여행길에 그녀를 만난 건 행운이었는지도 모른다. 어머니의 드넓은 가슴처럼 생긴 바다를 그리워하던 나는 주말이면 습관처럼 여행을 떠났다.

신혼 때는 아내와 함께 다녔었는데 결혼 10주년인 주석혼식 이후로는 나 홀로 떠나는 여행 횟수가 잦아졌다. 아내는 전국 대부분의 바다를 순회 구경한 탓도 있지만 세 남매를 키워야 하는 주부로서 부담스러운 일이었다.

"혼자 조용히 다녀오세요."

"그럴까? 미안한데……."

"괜찮아요. 걱정 말고 다녀오세요."

"으음. 다녀오리다."

그때부터 나 홀로 여행이 시작되었다. 동해의 드넓은 바다와 시원한 파도, 남해의 미술관 같은 정취, 서해의 동양화 병풍처럼 아기자기한 풍경들이 나를 자꾸만 불러댔다.

그래서 1박 2일 코스의 주말여행을 즐겼다. 주로 대중교통을 이용하는데 기차나 버스를 타고 바닷가 해안 도로를 따라 감상하는 즐거움이 이만 저만이 아니었다.

그렇게 3년 정도를 홀로 다니다보니 주말이면 홀아비가 된 느낌마저 들기도 했다. 때론 은근히 또 다른 기대를 하곤 했다.

이른 아침에 강릉행 기차에 몸을 실었다. 남한강을 경유하여 원주, 제천을 지나 태백에 다다랐다. 완행열차는 산악 지역을 달리다가 버거운지 일단 후진했다가 다른 철길로 들어서서 꾸역꾸역 다시 올랐다. 때론 나선형으로 빙글 빙글 돌면서 터널을 통과하기도 했다. 그럴 때마다 백두대간이 가슴 통증을 호소하며 울부짖었다.

그렇게 태백시를 지나 한참을 달리니 망망대해와 함께 동해시가 나타났다. 저 멀리의 검푸른 바다는 성난 파도와 더불어 요동치듯 너울거린다. 마치 블랙홀이라도 된 양 내 자신을 순식간에

빨아들일 태세다.

나는 그 섬뜩함에 오금이 저려와 얼른 눈을 감고 상상의 나래를 폈다. 암흑의 세계에도 흑과 백이 있고 명암이 서로 엇갈려 있다. 천당과 지옥이 있는 것 같기도 했다.

그러다가 정신을 가다듬고 일정을 다시 한번 그려봤다.

'강릉에 도착하면 경포대부터 가련다. 그런 다음에 양양 낙산사를 경유하여 속초에서 하룻밤을 묵으리라.'

기차는 태백산맥을 넘으면서 다소 지쳤는지 지축을 흔드는 한숨 소리와 함께 동해시에 들어섰다. 그리고는 숨소리도 멎은 채 10여 분간 잠에 곯아떨어졌다.

얼마나 충전이 되었을까? 번쩍 눈을 뜬 기차는 다시 '빼액 빽빽!' 고함을 지르며 달려가기 시작했다.

잠시 후 활어회가 아주 싸고 맛있는 수산물 마니아들의 천국이라는 묵호항을 지나고 있다. 그리고 국내 제일의 명사십리 백사장이 펼쳐져 있는 망상 해수욕장에 다다랐다.

나는 여기서 동해바다를 쳐다보며 잠시 망상에 젖어들었다. 내가 무슨 생각을 하거나 말거나 기차는 예정된 시간표대로 동해바닷길을 거슬러 계속 올라갔다.

그래서 2천3백만 년 전에 지각 변동을 일으킨 억겁의 해안 단구가 있는 정동진에 이르렀다. 새파란 바다는 너울성 파도와 함께 출렁거려 금세 빨려들 것만 같다.

이제 조금만 더 가면 종착역인 강릉이다. 조선시대의 대학자인 율곡 이이와 그의 어머니 신사임당이 태어났던 고장이다. 율곡은 약 4백 년 후에 5천 원권의 표지 모델로 부활하였고 신사임당은 4백5십여 년 후 5만 원권으로 화려하게 재탄생 하지 않았던가.

나는 강릉역에 내려서 맛있는 감자옹심이 수제비를 먹고 시외버스 정류장으로 향해 속초행 완행버스에 몸을 실었다. 버스에 제법 많은 승객들이 타고 있는데 두리번거리다보니 뒤쪽에 한 자리가 비어있다. 빠른 동작으로 그 자리에 갔는데 어떤 아리따운 여인이 창밖을 응시하고 있었다. 아가씨 같기도 하고 아주머니 같기도 한데 얼른 봐도 상당한 미인이다.

"저, 실례합니다. 함께 가도 될까요?"

"아, 예. 그렇게 하시죠."

"저는 속초까지 갑니다."

"저도 그래요."

버스는 구불구불한 아스팔트 바닷길을 따라 수영 선수처럼 물결치듯 나아갔다. 그래서 주문진 수산 시장을 지나고 4㎞에 달하는 백사장이 펼쳐진 하조대 해수욕장을 따라 북진을 계속했다.

나는 널따란 백사장과 바다를 바라보며 생각에 잠겨 있는데 옆에서 미소를 짓던 여인이 불쑥 말을 꺼냈다.

"왜 하조대인 줄 아세요?"

"예? 잘 모릅니다."

"두 가지 설이 있답니다. 하나는 하 씨 총각과 조 씨 처녀의 사랑이야기가 담겨있는 의미 있는 곳이라고 하고요. 다른 하나는 조선의 개국 공신이었던 하륜과 조준이 즐겨 찾던 바위 해안에서 유래 되었대요."

"그래요? 오늘 처음 듣습니다."

"저도 얼마 전에야 알게 되었어요."

"유래를 알려줘서 고맙습니다. 아주 유익한 이야깁니다."

"뭘요. 대단한 것도 아닌데요."

그래서 그 여인과의 대화가 시작되었고 피곤한 여정이 금세 활기찬 여정으로 바뀌어갔다.

잠시 후 양양의 낙산사를 지나게 되었는데 신라시대 때 의상이 창건했으며 관세음보살이 상주하는 성스러운 곳이라고 덧붙인다. 나는 내친김에 '고맙다'는 말과 함께 한 가지 제안을 했다.

"혹시, 내일 시간 되시면 안내 좀 해줄 수 있나요?"

"……."

"속초에서 하룻밤을 묵고 내일 둘러본 뒤 오후에 떠나려고 합니다."

"으음, 좋아요. 대신 점심은 사주세요."

"당연하죠. 고맙습니다."

완행버스는 속초 시내에 있는 청초호를 빙 돌아 버스터미널로 들어섰다. 어느새 불그스름한 저녁놀이 잔잔한 청초호를 물들이고 있었다.

서로 연락처를 주고받은 다음에 아쉬운 이별을 하려는데 여인이 미소를 머금으며 속삭이듯 말했다.

"내일 새벽에 동명항 바로 옆의 영금정을 꼭 가보세요. 해돋이 명소거든요."

"그래요? 알겠습니다."

"바로 저기예요. 10분 정도만 걸어가면 됩니다."

"꼭 그렇게 하겠습니다."

"그럼, 아홉시에 여기서 뵈요."

"그럽시다."

나는 뒤돌아서서 긴 머리카락을 휘날리며 총총걸음으로 떠나는 그 여인의 아름다운 자태를 한참 동안이나 쳐다봤다.

그리고 마음속으로 쾌재를 불러댔다.

'으음! 이번 주는 아주 훌륭한 여행길이야.'

여인을 보낸 뒤 속초항의 내항인 청초호의 둘레길을 나 홀로 걷기 시작했다. 갈매기와 자그마한 어선들과 황혼빛이 한데 어우러져 신선이 된 듯한 느낌이 들기도 했다. 건너편의 금강대교와 설악대교, 갯배와 아바이 마을이 아주 오래된 옛 친구처럼 반기는 것만 같다.

그렇게 한 시간쯤 걸었더니 뱃속에서 피아노 4중주를 읊어댔다. 그래서 생선구이 정식으로 저녁을 해결한 뒤 전화기를 집어 들었다.

"여보세요?"

"나요. 집에 별 일은 없소?"

"예. 어디세요?"

"속초 시내요. 여기서 묵고 내일 오후에 출발하리다."

"그러세요. 피곤할 텐데 일찍 주무세요."

"알았소. 그럼, 수고 하시구랴."

나는 출렁이는 파도소리를 들으며 잠자리에 들었는데 도대체 잠은 오지 않고 낮에 본 여인이 천장을 돌아다니며 아른거리기만 했다.

평상시보다 두 시간 일찍 일어나 영금정에서 해돋이를 맞이했다. 동해의 검푸른 바다에서 솟구친 붉은 해는 바닷물을 모두 삼켜버릴 태세다. 하긴 지구 부피의 130만 배에 달하는 태양인데 지구쯤이야 고목나무에 붙어있는 매미 한 마리 정도가 아니겠는가.

아무튼 동해 바다에서 맞이한 아침은 그 어느 때보다도 상큼

했다. 곧 아리따운 여인을 만나 함께 여행을 즐기려는 희망 때문인지도 모른다. 그런데 시간은 왜 이리 더디 가는 건가!

아침 식사 생각도 나질 않았다. 나는 따끈한 블랙커피만 한 잔 마신 뒤 시외버스 터미널로 향했다. 대합실에 도착하니 약속시간 30분 전이다. 평소엔 촌음과 같던 그 시간이 여삼추 같기만 했다.

드디어 저만치에서 꿈에 그리던 여인이 제법 활기찬 발걸음으로 대합실 입구에 다다랐다. 나는 얼른 문을 열고 VIP를 영접하듯 인사를 건넸다.

"안녕하십니까?"

"어머! 잘 주무셨어요?"

"예. 영금정 해맞이도 잘했고, 덕분에 좋은 시간 갖게 되었습니다."

"그렇게 생각해 주시니 감사합니다."

"오늘 일정은 어떻게 할까요?"

"일단 케이블카를 타시고 속초 해변 길을 따라 아바이 마을에 도착해서 순대국밥을 먹는 게 좋을 것 같은데요."

"좋습니다. 가시죠."

"예. 저를 따라 오세요."

우리는 설악산 국립공원 입구의 주차장까지 다니는 버스를 탔다. 여인은 청바지에 운동화를 신었고 차양 달린 모자를 쓰고 있다. 가이드를 자처한 복장이다.

버스는 30분쯤 지나 목적지에 도착했고 케이블카 매표소로 향하는데 바로 눈앞에 신라시대 때 지어진 신흥사가 미동도 없이 과묵한 표정으로 서있다.

케이블카는 권금성까지 올라가는데 불과 10분밖에 소요되지 않는다. 비록 설악산 정상인 대청봉의 중간 높이 밖에 되지 않지만 봉우리에서 바라본 동해 바다는 속초 시내 전경과 어우러져 한 폭의 그림 같은 느낌이 들었다.

"이곳 권금성은 권 씨와 김 씨가 난을 피해 가족들을 보호하려고 하루 만에 쌓았다는 전설이 내려오고 있답니다."

"그렇군요."

"그리고 저쪽이 대청봉이고 이쪽이 울산 바위예요."

"아, 그래요?"

"뒤쪽 정상부근은 미시령이고 남쪽은 한계령, 북쪽은 진부령입니다. 그리고 그 유명한 백담사는 한계령 너머 인제 쪽에 있습니다."

"고마워요. 오늘 맛있는 거 사 드려야 되겠습니다."

"아바이 순대국밥이면 만족합니다."

"그래도 그것으론……."

"충분히 됐으니깐 걱정 마세요."

"마음씨도 곱습니다."

우린 케이블카에서 내린 뒤 다시 속초행 버스에 올랐다. 버스는 동남쪽 방향으로 한참을 달리더니 이윽고 대포항에 이르렀고 외옹치 해변을 지나 속초 해변에 도착했다.

"여기에서 내려야 합니다."

"으음, 그럽시다."

아바이 마을 입구에서 내린 우리 두 사람은 나란히 걸었다.

아무 말 없이 바다만 바라보며 걷는 것이 다소 부담스러웠는지 그 여인이 내게 묻는다.

"아바이가 무슨 뜻인지 아세요?"

"글쎄요."

"함경도 방언인데 아버지나 아저씨를 가리킨대요."

"그래요? 그런데 왜 속초에 아바이 마을이 있답니까?"

"제가 알기론 6.25 전쟁 중 1.4후퇴 당시 흥남 철수 작전을 할 때 그곳 피난민들이 많이 탔었나 봐요."

"그랬습니까? 그래서요."

"다시 귀향을 하려고 이곳 속초에서 임시 거처를 한 것이죠."

"그런데 휴전선에 가로막혀 못 갔군요."

"맞습니다. 그래서 고향을 그리며 정착하게 되었는데 생계 수단으로 함경도 지방 특유의 아바이 순대국밥을 만들어 팔았죠."

"그렇군요. 피난민들의 타향살이 설움이 담긴 애절한 음식이네요."

"맞아요. 맛을 보시면 애잔함과 감미로움이 동시에 느껴질 겁니다."

"기대가 됩니다요. 빨리 갑시다."

잠시 후 바닷가의 작은 섬 같은 동네에 목조 건물로 지어진 아바이 마을에 다다랐다. 달동네 비슷한 인상을 주기도 하지만 깨끗하게 정돈되어 있고 재래시장 골목 같은 느낌마저 들었다.

동행한 아리따운 여인이 아바이 순댓국밥집 골목으로 이끌더니 식당 안으로 안내했다.

"이 식당이 여기서는 다섯 손가락 안에 들죠."

"빨리 들어갑시다."

점심시간 이어서인지 빈자리가 거의 없을 정도다. 우린 구석진 빈자리에 앉아 아바이 순대국밥과 오징어순대를 주문했다.

순대 속엔 당면 대신 찹쌀과 선지, 그리고 다진 고기들이 들어있어서 그런지 감미로운 맛이 났다. 오징어순대도 별미다. 10여 분 정도 땀을 흘리며 침묵속의 먹방이 생중계 되었다. 그리고 마지막 젓가락질을 한 나는 입맛을 쩝쩝 다시며 물었다.

"이런 맛있는 음식이 있는 동네에 살고 있어서 좋겠습니다."

"맛있게 드셨다니 다행이네요."

“참, 아직까지 성함을 묻지 못했습니다.”

“김미숙이예요. 서른 세 살이고요.”

“저는 박상혁입니다. 미숙씨보다 네 살 많습니다.”

“오늘 관광은 어떠셨나요?”

“그 어느 주말보다도 아주 유익하고 즐거운 시간이었습니다.”

“저도 기분이 좋네요.”

“다음 주에 안내 부탁드려도 될까요? 깜빡 잊고 경포대 쪽을 들르지 못해서요.”

“좋아요. 경포 해변과 경포호는 멋진 조화를 이루는 곳이죠. 정동진 해변의 바다 부채길을 걷다 보면 해신이 된 느낌이 들 거예요.”

“벌써부터 기대가 됩니다.”

“저도 오늘 즐거웠고 다음 주가 기다려지네요.”

아바이 마을에서 고속버스 터미널까지 걷기로 했다. 청초호 외항쪽은 대형 크루즈선이 동해 지킴이를 자처하듯 웅장한 모습으로 서 있고 내항쪽에는 크고 작은 어선들이 드나들며 생계와의 전쟁을 벌이고 있는 듯했다.

우리는 무언의 대화를 나누며 천천히 걸었다. 갈매기들은 ‘끼룩 끼룩’하며 먹이 사냥을 위한 날갯짓을 해대고 저 멀리의 설악산 대청봉이 환한 미소를 보내고 있는 것처럼 느껴졌다.

그렇게 20분쯤 걸었을까? 터미널이 보이고 고속버스들이 드나들었다. 이별의 순간이 다가온 것이다.

이별은 또 다른 만남의 시작인가? 차창을 사이에 두고 이산가족 상봉 후 헤어지듯 손을 흔들며 애잔한 이별식을 나눴다.

그 후로 우리들의 만남은 지속되었다. 미혼의 그 여인은 평범한 회사원이고 원룸에서 살고 있다고 했다. 우리는 남해나 서해로 함께 주말여행을 떠나기도 했다. 그러면서 우리들의 로맨스는 천상의 날개를 달고 훨훨 날아다니기 시작했다.

나는 세 자녀의 아버지와 그들 어머니의 남편까지 1인 3역을 맡은 연극배우처럼 살아가고 있다. 이제 5년이 되어 가는데 언제가 끝인지 보이질 않는다. 곡예사처럼 두 줄 타기를 하며 하염없는 어릿광대로 살아갈지도 모른다.

'인생이란 멀리서 보면 희극이지만 가까이서 보면 비극'이란 말을 곱씹으면서…….

2. 정부政府

46억 년 전에 지구가 탄생했다고 전해졌다. 도대체 얼마나 오랜 세월인지 감이 잡히질 않는다. 우리 인간의 수명이 백 년이라고 할 때 4천6백만 번의 인생을 산 기간이다.

지구의 잉태에서 출산까지의 과정은 대략 이렇다. '티끌 모아 태산'이라더니 우주에 떠도는 먼지가 조금씩 모여 커진 다음에 뜨거워져 큰 불덩이를 만들고, 식으면서 수증기로 인해 물이 생겨 바다를 이루었단다. 그러다가 공기가 만들어지더니 생명체가 우후죽순처럼 성장했다고 하니 자연의 이치가 오묘하기만 하다.

그 중 우리 인간은 불과 5백만 년 전에 생겨났다니 지구의 역사에 비하면 조족지혈에 불과하다.

처음엔 네 발 달린 인류가 점점 진화하여 두 발로 서서 다니고 말을 하게 되었으니 만물의 영장이라고 부르는지도 모른다. 아무튼 우리 조상이 지구상에 선을 보였고 백색과 흑색, 그리고 황색 피부 등 다양한 인종이 널리 퍼져 살고 있다.

그래서 끼리끼리 잘 살아보자고 공동체가 형성되기 시작했다. 뭉치기 위해선 지휘 체계가 필요한데 부락의 촌장이나 추장이 전권을 거머쥐고 무소불위의 권력을 행사하지 않는가!

하지만 권력의 집중 현상은 부자유와 불평등, 인권 침해 등 많은 부작용을 낳았다. 따라서 지역별 특성에 맞는 통치 기구를 만들었는데 이것이 바로 정부政府다. 형태는 대통령제, 의원내각제, 이원집정부제, 절대군주제, 일당독재체제 등 아주 다양하다.

정부는 권력의 집중을 막기 위해 입법부, 행정부, 사법부의 3권으로 분리 되어있다. 우리나라는 수천 년 동안 왕이 쥐락펴락

하는 절대군주제였는데 조선말에 위정자들이 밥그릇 싸움에만 혈안이 되어 내홍을 겪다가 일제 36년의 식민지라는 암흑의 터널 속으로 빨려 들어가고 말았다. 그래서 민족 말살 위기에까지 몰렸다가 겨우 목숨을 부지한 채 독립을 했고 새마음 새 뜻으로 자유 민주주의 국가를 수립하였다. 불과 70여 년 전이다.

어찌보면 이제 민주 국가의 걸음마 단계에 불과하지만 시작부터 독재자의 출현으로 독재와 쿠데타의 대물림이 지속되었다.

새천년이 밝은 후 강산이 두 번 변했지만 아직도 정신 못 차리고 '우물 안 개구리'식으로 티격태격 쌈박질만 하는 정치판의 꼬락서니를 보며 국민의 한 사람으로서 진심 어린 쓴소리를 하고자 한다.

첫째, 입법부다. 법을 만드는 기관으로 헌법을 비롯한 각종 법률을 제정하는데 여기서도 밥그릇 싸움은 존재한다. 의원 숫자만 보더라도 현재 300명(지역구 253명, 비례대표 47명)이다. 얼핏 계산해도 17만 명 당 한 명 꼴이다.

선진국이라고 일컫는 미국은 상·하 양원 535명으로 60만 명당 한 명 수준이다. 우리나라가 3배 이상 많은 셈이다.

그렇다면 하는 일은 어떠한가. 정기국회 100일과 임시국회를 합하면 200일 이내다. 1년 중 절반만 일한다. 일정한 근무 시간도 없다. 출퇴근이 자유롭다는 뜻이다.

보좌진들도 많다. 4급 보좌관 2명, 5급 비서관 2명, 6급, 7급, 9급비서 각 1명씩 모두 7명을 국가에서 지원받는다. 그러하니 필요한 자료 준비를 지시한 채 회전의자와 볼펜을 돌리면서 '다시보자 한강수야!'를 읊조리기만 해도 된다.

연봉은 어떠한가. 각종 수당과 경비를 합하면 1억 5천만 원이 넘는다. 월급으로 계산하면 천3백만 원 가량 된다. 국회의원 한 달 월급이 최저임금 노동자의 연봉과 비슷한 수준이다. 아무리 생각해도 이해가 되질 않는다.

3백 명의 국회의원 중에 법안 발의도 못하고 거수기 노릇만 하는 허수아비 의원들도 상당수 된다. 서민들이 허리띠 졸라매며 일해서 바친 세금을 국회의원들은 대형 마트의 무료 시식 코너에서 아무 생각 없이 집어먹듯 그냥 꿀꺽 삼키는 것이다.

고작 몇 만원 하는 의원 배지를 달면 면책 특권과 불체포 특권의 특권 항아리 속에 들어가 안주하기도 한다.

또한 출마 제한이 별로 없으니 3선, 5선 너머 8선까지도 한다. 제도 개혁이나 정치 발전에 기여하기는커녕 썩어빠진 목에 깁스를 한 채 국회의사당을 어슬렁거리기 일쑤다.

따라서 국민과 함께 하는 입법부가 되기 위한 개선안을 제시하고자 한다. 먼저 국회의원 숫자를 절반으로 줄여 150명 수준을 유지해야 한다. 비례 대표 제도는 없애고 현재 지역구를 두 배로 늘려 뽑아야 한다. 어차피 하는 일도 별로 없는데 좀 더 넓혀 열심히 뛰어다니게 만들어야 한다.

또한 정기 국회든 임시 국회든 출석부를 제대로 만들어서 체크 후 급여나 각종 수당 등을 차등 지급해야 한다. 말단 서민들은 하루 결근하면 일당이 날아가고 3일 연속 결근 시에 즉시 해고당하는데 국회의원들은 제제 수단이 없질 않은가.

그리고 보좌진들도 3~4명 수준으로 대폭 줄여야 한다. 상임위별로 활동하는데 얼마나 심도있게 분석하여 개선안을 내놓는지도 의문시 된다.

급여도 절반 이하로 삭감해야 마땅하다. 하는 일도 별로 없고 출·퇴근도 자유로운데 무엇 때문에 고액 연봉을 주어야만 하는가.

고인물이 썩듯이 의원직을 오래 유지하다보면 뇌물이나 부당이득 등 헛생각을 하게 마련이다. 따라서 3선까지만 허용하고 출마 연령 제한 제도(만70세)를 도입해야 한다.

면책 특권과 불체포 특권은 하루속히 폐지해야 한다. 특권의식에 빠져 살다보니 목에 깁스를 한 채 해당 지역구 주민들을 하인 취급 하질 않는가.

또한 열심히 일하는 건 둘째 치고 각종 이권이나 비리에 연루되지 않는 것만으로도 다행이라고 생각하는 현 수준을 뛰어넘어야 한다. 다시 말해서 의원평가제를 도입하여 순위를 매겨야 한다는 뜻이다. 봉급은커녕 용돈도 주지 않으면서 왜 학생들만 줄 세우기 하는가!

세상은 1년이 멀다하고 변해 가는데 의사당 온실 속에서 안주하며 마치 백성들의 스승처럼 행세하는 그 태도부터 바꿔야 한다.

제발, 개점휴업 상태로 놀고먹으며 봉급만 꼬박 꼬박 챙겨가지 말고 10%만큼 만이라도 일 좀 했으면 좋겠다.

둘째, 행정부다. 정해진 법과 원칙에 따라 행정 업무를 보는 부서다. 우리나라는 대통령 중심제이다 보니 행정부의 수반은 대통령이고 국무총리는 2인자다.

현재 대통령은 5년 단임제다. 쿠데타에 의한 정권 창출의 제5공화국(1980)때 7년 단임이었다가 제6공화국(1988)때 5년 단임으로 헌법을 개정했다. 그래서 각종 비리나 부정 축재, 그리고 국정을 난장판으로 만든 대통령들도 여러 명 배출했다. 70년의 헌정사가 부끄러울 정도다.

대통령은 18개 부처의 장관들을 직접 임명하고 통제하며 국무총리가 관할한다. 대통령이 임명하는 각료나 고위직 공무원 중에 전문성이 결여되고 청렴결백하지 않은 보은 인사가 많다. 세칭 낙하산 인사다.

그래서 새천년 개막 년도인 2,000년부터 인사 청문회 법을 제정하여 시행해왔다. 하지만 장관이나 국정원장, 검찰총장, 국세청장, 경찰청장 등은 국회의 동의가 없어도 임명이 가능하다.

국회의원들이 행정부의 주요 인사 후보들을 검증할 자격이 있는지 의문시되지만 이들은 대통령이 국회의 뜻을 무시하고 임명을 강행해도 무방하다.

그리고 30년 전부터 지방 자치제가 부활하여 시장, 도지사, 군수 등을 지역 주민들이 투표로 선출해왔다.

그러다보니 우선 당선되고 보자는 선심성 공약이 난무하다. 공약公約이 아닌 꽁약(空約)이다.

무슨 축제니 개발이니 기념관 건립이니 하면서 재정을 더욱 어렵게 만드는 경우도 많다. 거기에 편승해서 부당 이득을 취하다가 임기 중에 감옥행 티켓을 끊기도 한다.

자치 단체장이 인사권을 쥐고 있기 때문에 시류에 편승한 줄서기도 많다. 아니, 줄 세우기라고 표현해야 더 타당하리라. 그래서 공무원 사회를 사분오열 시키는 것이다.

시·군·구의 의회 의장이나 의원들도 별 의미 없이 자리만 차지하고 있다. 옥상옥屋上屋이요 위인설관爲人設官이다.

따라서 국민을 섬기면서 일하는 행정부가 되기 위한 대안을 제시해본다.

대통령은 국가의 상징이고 대표다. 그러므로 국민 통합과 업무의 효율성을 기하기 위해 내치와 외치를 8:2정도로 수행해야 한다. 집안을 잘 다스려 평화롭게 해야 한다는 뜻이다.

업무 추진 방향을 명확히 하고 부처 간의 조율과 통합을 위한 사공 역할을 해야 한다.

경제, 외교, 국방 분야 등에서는 원칙 없이 갈팡질팡 하거나 부처별로 불협화음이 발생하지 않도록 일관성을 유지해야 한다.

통합의 리더십을 발휘하여 더욱 발전할 수 있도록 당근과 채찍을 잘 사용해야 한다. 비리와 사리사욕으로 얼룩진 전직 대통령들을 사면, 복권 시키는 것은 결코 통합이 아니다.

내가 현직에 있을 때 사복을 채울 테니 다음 정권 때 봐달라는 뜻으로 풀이된다. 싱가포르의 3C정책(깨끗한 정부, 물, 거리)을 본받고 적용할 필요가 있다.

전문성이 결여된 낙하산 인사를 배제하기 위해서는 해당 부서에서 실력과 경륜을 갖춘 인물 중에 임명함이 타당하다. 그리고 현행 5년 단임제는 정책의 일관성과 추진 동력이 미약해서 4년 중임제가 바람직하다. 임기 절반만 지나면 레임덕이 찾아와 제대로 일을 못하고 있지 않은가. 그러면서 하이에나처럼 썩은 고기를 찾아다니질 않았던가.

지방자치제도 좋지만 단체장들의 검증 시스템을 구축하고 인사권을 분산시켜야 하며 국고만 낭비하는 지방 의회는 폐지시켜야 한다. 차라리 감사원 기능을 강화하여 암행어사 제도처럼 암행감사가 더 효율적이리라 판단된다.

그리고 선심성 공약을 자제하고 별 의미 없는 축제나 회의 등을 축소 또는 폐지해야 한다.

일반 공무원들의 업무 자세나 일처리 등은 상당히 개선되었으나 아직도 권위주의와 행정편의주의가 사라지지 않고 있다.

대통령을 비롯한 모든 공무원들은 『명심보감』을 공통 필독서로 삼고 『목민심서』, 『경세유표』, 『흠흠신서』를 분야별 전공 필독서로 삼아야 할 것이다. 나랏일 처리하기를 내 집안일처럼 하면 되는 것이다.

마지막으로 사법부다. 사법司法은 법을 맡아 본다는 뜻이다.

법法은 물이 흘러가는 것이다. 그러므로 물이 역류하면 물난리가 나서 난장판이 되고 만다. 따라서 정의의 칼을 높이 치켜들고 형평의 원칙에 맞게 내리쳐야 한다.

하지만 그렇게 하지 못하는 경우가 많다. '권력의 시녀' 노릇을 하는가 하면 '유전무죄 무전유죄有錢無罪 無錢有罪'가 횡행한다.

'권력의 시녀'는 대통령이 대법원장이나 검찰총장을 임명하기 때문에 빚어진 현상이다. 역대 공화국에서 공통적으로 발생한 후

진국형 권력 유착이 아닌가.

또한 판·검사가 돈벌이 수단으로 전락한 그 시점부터 유전무죄가 기승을 부리고 무전유죄가 널뛰기를 해왔다. 정도의 차이는 있지만 지금도 그런 현상은 독버섯처럼 자라고 있다.

전관예우 문제도 심각한 부작용을 야기한다. 오랫동안 판·검사 생활을 하다가 퇴직하여 변호사로 전직을 하면 일정 기간 동안 무조건 유리한 판결을 내려 예우하는 것이다. 후배 판·검사들이 장차 내 밥그릇을 챙기기 위한 대물림 현상이다. 그렇게 되면 당연히 의뢰인이 많을 것이며 이면 계약의 수임료 또한 천정부지의 액수일 것이다. 그래서 대형 로펌에서 영향력 있는 전직 판·검사를 고액 연봉으로 정중히 모셔 가려고 혈안이 되어 있질 않은가. 권력을 이용한 대국민 사기극 또는 범법의 공범자 내지는 동반자가 아니고 무엇이란 말인가. 칼과 저울을 들고 형평의 원칙을 강조하는 정의의 여신 디케Dike가 비웃을 일이다.

사법부의 개혁은 '권력의 시녀'와 '유전 무죄'라는 단어만 사라지게 하면 된다. 대법원장은 국회의 동의를 얻어 대통령이 임명하는데 임기는 6년 단임제다.

따라서 과반 의석의 여당일 때 대통령 입맛에 맞는 대법원장을 임명할 수 있으며 사법부는 공정성을 훼손하기 십상이다. 근본적인 개선책이 필요한 이유가 여기에 있다.

그래서 대통령이 직접 대법원장 후보를 지명하여 국회의 동의를 구할 것이 아니라 대법관 회의에서 토론을 거쳐 후보를 선출하고 추천하는 방식이거나, 대법원장을 지낸 원로들을 포함한 사회 각계 유명 인사들의 공청회를 통한 추천제가 바람직하다고 판단된다. 대통령은 대법원장 추천권은 없고 임명권만 갖게 하자는 것이다.

전관예우를 근절시키기 위해선 변호사 개업 연령을 통제하고 정년이나 퇴직 당시부터 10년 이전까지의 근무 지역 개업을 금지시켜야 한다. 법복을 벗은 후에도 전관예우를 받아야 할 정도라면 경제적인 여유와 사회적인 명성을 이미 얻었을 것이고 안정적인 노후도 보장되어 있지 않겠는가.

더 이상 욕심 부리지 말고 차라리 어떤 분야이든 무료봉사 대열에 합류할 생각은 없는지 묻고 싶다.

왕이 입법, 행정, 사법, 제사까지 통제하며 칼자루를 마음대로 휘두르던 시대는 이미 지나갔다.

아직까지도 일부 후진국에선 비슷한 현상이 벌어지고 있지만 세계 10대 강국의 대한민국에겐 어울리지 않는 현상이다.

국민에 의해서 국민을 위한 국민의 정부가 되려면 정상 궤도의 정부가 들어서야 한다. 아니, 모든 국민들이 한 달에 한 번씩 촛불을 들어서라도 그런 정부를 만들어야 한다.

뿌리가 썩은 나무에 가지치기와 접붙이기를 한들 꽃이 피고 열매가 맺겠는가. 근본적으로 썩은 뿌리를 뽑아낸 후 새롭고 싱싱한 나무를 심어야 하지 않겠는가.

그래서 정부政府가 백성들을 기만하고 농간을 부리는 정부情婦 같은 기능을 하지 못하도록 차원을 승화시켜야 한다. 그래야만 한반도에서 장미처럼 아름다운 민주주의 꽃이 피어날 것이다.

3

원시시대부터 사냥, 수렵 등 힘 있고 능력 있는 남자들은 여러 명의 여자들을 거느렸다. 이웃 간의 전쟁으로 인한 성비 불균형도 한 몫을 했다. 그냥 관습에 의한 자연적인 현상이리라.

그렇게 세월이 흘러 21세기의 지구촌에는 50여 개 국가가 일부다처제를 시행하고 있다. 주로 이슬람권 국가나 아프리카 지역이다. 그래서 그런지 여러 명의 부인들이 사소한 시기나 질투는 있을지언정 대체로 사이좋게 지낸다고 한다.

행복한 비명을 지르는 남자(남편)들은 만면의 미소를 머금고 날이면 날마다 파트너를 바꾸는 잠자리에 황홀해 할지도 모른다. 하지만 비용이 만만치 않게 든다. 또한 경제적, 신체적 능력이 뒷받침 되어야만 한다.

우리 대한민국은 어떠한가. 조선시대까진 일부다처제가 아닌 일부다첩제였다. 법적으로는 일부일처제지만 여러 명의 여자들을 거느려도 별 문제가 없었다는 뜻이다. 주로 왕이나 귀족, 지주 등에게 주어진 특권 같은 사회 현상이다. 경제적인 능력이 갖춰진 남자들의 게걸음 행보다.

이런 다첩제는 조선이 망한 후 일제 강점기에도 암암리에 존재했고 대한민국이 탄생한 이후로도 한동안 문제시 되지 않았다. 그래서 본처들은 그저 벙어리 냉가슴 앓듯 운명처럼 살아왔다. 오죽하면 시집가서 벙어리 3년, 봉사 3년, 귀머거리 3년이란 말이 생겨났겠는가.

인간은 4년이면 사랑의 용광로가 식는다고 한다. 그 후로 서서히 권태기가 찾아온다. 위기의 순간을 슬기롭게 극복하면 다행이지만 그렇지 못하면 파행을 넘어 파국으로 치닫는다.

신혼 때 신주단지 모시듯 떠받들고 지구상에 존재하는 오만가지 미사여구를 총동원하여 치켜세우다가 5주년이 지날 무렵부터는 길거리에서 마주치는 여인네 대하듯 하지 않던가.

이를 눈치 챈 감각적인 마누라가 빨간 립스틱에 푸르딩딩한 아이섀도를 칠하고 야한 홈드레스와 불그스름한 조명발 받으며 은밀한 유혹을 해봐도 목석같은 남편은 시큰둥한 표정이다.

'오늘 뭐 잘못 먹었냐?'라는 핀잔이나 듣지 않으면 다행이다. 그러면서 싱싱한 생선 고르듯 바람피우기 작전에 돌입한다. 처음엔 마파람인지 하늬바람인지 미약했건만 점점 중심 기압이 높아져 회오리치는 토네이도를 거쳐 태풍인지 허리케인인지 사이클론인지 잘 모를 최강의 바람이 되어 전횡을 일삼는다. 급기야 초속 17m가 넘는 강풍과 엄청난 비를 뿌려대더니 해일과 산사태로 대재앙을 야기하기도 한다.

그래도 결정적인 순간에는 모든 걸 포기하고 용서를 빌며 귀소본능의 연어처럼 본처에게 귀의한다.

인생 말년에 따뜻한 밥 세끼라도 얻어먹으려는 궁여지책인지도 모른다. 첩이 제대로 챙겨주겠는가. 첩첩이 지극정성으로 모시랴. 이집 저집 다 좋아도 내 계집이 제일이지 않겠는가.

족장이나 추장의 전횡을 막으려고 정부가 꾸려졌다. 딴에는 삼권분립 어쩌고 저쩌고 하면서 입법, 행정, 사법으로 갈라치기해 놓았다. 형태에 따라서 대통령 또는 총리가 총괄 우두머리다.

민주주의 총 본산인 영국은 어떠한지 잘 모른다. 이제 칠순을 넘긴 대한민국만 짚어보자.

입법부는 일은 제대로 하지 않고 고액 연봉으로 밥그릇만 챙기려 한다. 서민들은 1만 원도 안 되는 시급에 일당 7~8만 원이

고작인데 국회의원들은 놀고먹으며 일당이 50만 원가량 된다. 세찬 비바람에 산전수전 겪으며 세상사를 통달하다시피 한 서민들이다. 국회의사당 온실 속에서 냉·난방기 틀어대며 화초처럼 지내는 의원들과는 비교 대상이 아니건만 돈 보따리 챙겨들고 군림하려고만 한다.

그리고 오로지 권력을 장악하기 위해 자기들끼리 이전투구만 일삼는다. 이 시간에도 서민 경제는 안중에도 없고 물어뜯을 연구만 하고 있다.

행정부는 유능하지 못한 장관들과 인기 영합의 지자체 장들이 자리 지키기와 권력을 움켜쥐려고만 발버둥 친다.

정부 기관에서는 눈 먼 돈이나 이권에 숟가락만 얹어 사복을 채우려는 탕아들이 쌍심지를 켠 채 널뛰기를 한다. 그리고 진상을 투명하게 공개하기보다는 숨기기와 내 식구 감싸기에만 몰두하고 있질 않은가.

사법부는 유전무죄, 권력의 시녀, 전관예우 등으로 인해 대표적인 부패 집단으로 전락한지 오래고, 환골탈태 하려면 요원하기만 하다. 곽재우나 전봉준처럼 오직 백성들을 위한 절대적인 카리스마를 지닌 백마 탄 초인이 나타나 깨끗하게 교통정리를 해야 할 시점이기도 하다.

정부政府가 백성들을 위한 정부인지, 얄팍하고 얌체 같은 정부情婦를 위한 정부인지 헷갈린다. 때론 자유방임의 무정부 같다는 생각이 들 때도 있다.

정부는 일편단심으로 생사고락을 함께 하는 본처 같은 백성들을 위해 존재 해야지 간교하고 교활한 첩이나 첩첩 같은 정부情婦를 위해 존재해서는 안 된다.

그래서 백성들로부터 신뢰받는 정부, 깨끗하고 투명한 정부, 믿고 맡길 수 있는 정부가 되는 그날이 하루속히 다가오길 기대한다.

정부情婦 같은 정부政府가 되지 말고 정부情婦 없는 참신한 정부政府를 위하여 건배!

방랑자

죽장에 삿갓 쓰고 누더기를 걸친 채 삼천리 방방곡곡을 떠돌아 다녀야만 방랑자인가?

방랑의 대표주자는 단연코 집시gypsy가 아닐까 생각된다. 이들은 러시아 남부 카스피해와 흑해 사이 지역에 사는 코카서스 인종인데 9세기경부터 서쪽으로 이동하기 시작했다.

그래서 발칸반도를 찍고 도나우강을 건너 서쪽으로 이동했는데 14~15세기경에 헝가리를 분기점으로 삼아 유럽 각지로 퍼져나갔다. 정든 고향 땅에서 평화롭게 살고 있었는데 훈족이 세운 호라즘 왕조가 압박 해오고 칭기즈칸의 몽골 제국이 침략 해오자 피난길에 나선 것이다.

영국에서는 이들이 이집트에서 온 줄 알고 집시라 했다. 프랑스에서는 보헤미안이라고 불렀는데 체코의 보헤미아 지방에 사는 민족이 건너온 것으로 알았던 것이다.

또한 독일에서는 치고이너라 불렀는데 방랑 민족 자신들은 '사람'을 뜻하는 롬ROM이라고 불렀다.

이 집시족은 200~400만 명에 이르는데 방랑 생활의 슬픔이나 외로움을 달래기 위해 춤과 노래를 즐겼으며 그 중심이 바로 플라밍고다.

우리나라에서의 대표적인 방랑자는 삿갓도사 김병연이다. 그가 죽장에 삿갓 쓰고 방랑 삼천리를 하게 된 사연은 대략 이렇다.

그의 조부는 김익순인데 선천 부사(군수)로 재직할 때 평안도 일대에서 홍경래의 난이 일어났다. 이 때 진압하지 못하고 오히려 투항하고 말았는데 그 때가 김병연의 나이 다섯 살 때다.

그래서 멸문지화를 당했다가 다시 사면되어 스무 살 때 백일장에 응시했는데 시제가 선천 부사 김익순을 비판하라는 내용이었다.

사연을 전혀 모르는 김병연은 신랄하게 비판하여 장원 급제하였는데 어머니로부터 자세한 사연을 듣게 되었다. 충격을 받은 김병연은 더 이상 하늘을 우러러 볼 수 없다며 인생을 포기하고 삿갓을 쓴 채 전국을 떠도는 방랑길에 오른 것이다.

그는 삼천리 방방곡곡을 떠돌아다니면서 해학과 풍자를 즐긴 시인이기도 했다.

낙엽이 우수수 떨어지는 어느 가을 날, 김삿갓이 낙동강 어귀에서 나룻배를 홀로 타게 되었다. 그런데 뱃사공이 중년의 아낙네였다. 그것도 상당한 미인이었고 집에 두고 온 마누라와 비슷한 체취를 풍기고 있었다. 승객이 없어 단 둘이서만 강을 건너게 되었는데 슬슬 발동이 걸린 김삿갓이 나룻배가 중간쯤에 다다랐을 때 입을 열었다.

"여보, 마누라!"

"예? 내가 왜 당신 마누라다요."

"아, 내가 조금 전에 당신 배에 올라탔으니 내 마누라가 아니고 무엇이란 말이요."

"……."

입을 닫은 뱃사공이 생각에 잠긴 채 빨리 노를 저어 건너편에 다다랐고 김삿갓이 내리자마자 기다렸다는 듯이 한마디를 내뱉었다.

"잘 가거라. 내 아들아!"

"어째서 내가 당신 아들이란 말이요?"

"방금 내 배에서 나왔으니 내 아들이지."

"허허허! 맞소. 젊디젊은 새엄마가 생겼구려."

김삿갓은 함경도에서 전라도까지를 정처 없이 오르락내리락하며 떠돌다가 57세를 일기로 전라도 화순 땅에서 생을 마감했다.

유교의 시조인 공자는 누구인가?

2천5백여 년 전, 중국 춘추시대 때 산둥성에서 태어났다. 하급 귀족인 그의 아버지 숙량흘은 딸만 9명을 두었다. 그래서 나이 70세에 아들을 얻고자 16세의 안징재라는 처녀와 야합을 하여 공자를 낳았다.

공자 나이 3세 때 부친이 사망했고 17세 때 모친마저 사망하자 계季씨 가문의 창고지기와 가축 사육을 하면서 관제와 예법을 꾸준히 익혀 예禮 전문가로 유명해지기 시작했다.

그래서 제자들을 가르쳤는데 잦은 반란과 음모에 휘말려 수십 년간 망명 생활을 했다. 송, 제, 노 등의 나라를 떠돌면서도 자공, 증자, 순자 등의 제자를 양성했다.

공자는 인仁을 정신적인 가치 기준으로 삼고 실천 강령이 예禮라고 하면서 도덕을 중시했다.

한무제가 공자의 유교 사상을 국교로 인정했고 우리나라도 조선 왕조 5백 년 동안 유교를 국교로 삼았다. 지금도 유교 사상이 전국 도처에서 활기찬 행보를 하고 있다.

공자가 사망한 뒤 1세기 후에 맹자가 태어났다. 그러니까 공자가 군웅할거의 춘추시대를 살았다면 맹자는 제자백가諸子百家가 판을 치던 전국시대를 산 셈이다.

성선설을 모태로 한 맹자는 공자의 제자임을 자처하면서 '인仁은 사람의 마음이며 의義는 사람의 길'이라는 왕도 정치를 주장하였다. 그러면서 양, 제, 송, 노나라 등을 전전하며 제후들에게 유세하였다. 그리고 말년인 70세 무렵에 고향인 추로 돌아와 10여 년 동안 제자들을 양성하다가 사망하였다.

그러니까 공자는 춘추시대, 맹자는 전국시대에 방랑 생활을 하며 인이라는 아주 두툼한 교과서를 가르치다가 떠난 사람들이다.

그 무렵 서양에는 고대 그리스의 철학자 소크라테스가 있었다. 조각가 아버지와 산파 어머니 사이에서 태어난 소크라테스는 남루한 옷차림으로 광장을 거닐다가 사람들이 모이면 철학적 토론에 매진했다.

그는 강의를 통해 명예와 부를 누렸던 소피스트와는 달리 돈을 받지 않았다. 또한 자신보다 훨씬 나이가 어린 크산티페와 결혼하여 세 명의 자녀를 두었다. 하지만 돈벌이엔 관심이 없고 산파술인지 문답법인지를 한답시고 플라톤과 크세노폰 등의 제자들을 매일 초청해 하루 종일 중얼거리며 시간만 축내고 있기 일쑤였다.

비록 꽁보리밥에 김치 가닥을 올릴지라도 점심까지 대접해야 하니 마누라의 심기가 불편했을 것이다. 그것도 하루 이틀이지 거의 연중무휴 행사이니 화가 부글부글 끓었다.

그러던 어느 날, 아궁이에 불을 지피던 마누라가 중얼 중얼 불평을 늘어놓더니 급기야 물 한바가지를 퍼들고 방 안으로 들어가 소크라테스의 얼굴에 확 뿌렸다.

하지만 정작 놀란 사람은 물벼락을 맞은 장본인이 아니라 그의 제자들이었다. 마누라인 크산티페는 노기에 찬 눈빛으로 한 번 쏘아본 뒤 문을 쾅 닫고 나갔는데 여유만만한 표정을 짓던 소크라테스는 조용히 사태를 수습했다.

"너무 놀라지들 말게. 원래 천둥 번개가 치다보면 비가 오기 마련일세. 다음 85페이지로 넘어가세."

'너 자신을 알라'는 말이 이 때 생겨났는지도 모른다. 쌀통이 바닥난 줄도 모른 채 책상물림이 되어 세상 물정에 어두운 자신을 향한 말인지, 성인을 몰라보고 겁 없이 까불어대는 마누라를 향한 충언인지도 헷갈린다.

그래서 생겨난 말이 '성인이 되고 싶으면 악처를 얻으라'고 했던가. 진정 성인 반열에 오른 소크라테스의 유명세는 자신이 아니라 채찍을 가한 스승 같은 마누라 덕이 아닌가 싶기도 하다.

가난 속에서도 70세를 넘긴 소크라테스는 정치적인 신념에 휘말려 사약을 마시면서 '악법도 법이다'라는 유명한 말을 남기고 생을 마감했다. 그 후 2천4백여 년이 지난 우리 대한민국에서는 '테스형!'으로 다시 태어나 '세월은 또 왜 저래'라며 활동을 재개하고 있다.

민족적인 방랑국가도 있다. 대표적인 나라가 흔히 알고 있는 이스라엘이다. 이스라엘은 '하느님과 함께 승리한다'는 뜻이다.

BC 7천 년 경에 농경을 시작하였는데 BC 13세기경까지 이집트의 통치를 받았다. 식민 통치가 종식되기 2세기 전쯤에 모세가 백성들을 이끌고 이집트를 탈출하여 홍해를 건너 시나이 반도에 정착하기에 이르렀다. 이를테면 출애굽이다. 그 과정까지의 고난과 역경은 이루 말할 수 없었다. 그래서 어렵게 이스라엘 왕국을 건설했는데 BC 10세기경에 북이스라엘과 남유다로 양분되고 말았다. 그러다가 북이스라엘은 아시리아에 멸망했고 남 유다는 바빌로니아 왕국에 멸망했다.

이때부터 노예 생활을 했는데 '유대인'이라고 불렀다. 그로부터 50년 후에 페르시아 식민지로 전락했는데 무려 4백 년 동안 신음하다가 유대 국가인 하스모니아 왕조를 설립하였다.

하지만 약 70년 후에 로마의 한 주로 편입이 되어 이스라엘 민족은 최대 위기를 맞은 채 전 세계로 흩어지고 말았다. 로마는

AD 132년경에 이스라엘 대신 팔레스타인으로 지명을 변경했고 7세기경부터 아랍 왕조가 4백 년간 지배했으며 오스만 제국이 또 4백 년간 지배했다.

마지막으로 영국의 식민 지배를 30년 동안 받다가 2차 세계 대전 이후 독립과 건국으로 재탄생하였다.

그러니까 이스라엘 민족은 5천 년 이상 피정복민으로 온갖 고난을 겪었으며 2천 년 동안은 민족 자체가 사라져 지구촌 곳곳에서 방랑 생활을 한 셈이다.

지긋지긋한 방랑 생활이 지겨웠는지 독립 후의 이스라엘은 또다시 국가 소멸이라는 치욕을 당하지 않으려고 국방을 튼튼히 하고 있으며 피의 보복도 서슴지 않고 있다. 그래서 9백여만 명의 국민들이 똘똘 뭉쳐 주변 강대국들과 대등한 관계를 유지하고 있는지도 모른다.

스스로의 방랑길이 아닌 강제적인 방랑길도 있다. 유배 생활이 대표적인데 그 중에서도 섬으로의 유배가 더욱 쓸쓸하지 않았을까?

섬은 해저에서 용암이 솟구쳐 올라 수면 위로 드러난 것인데 왜 섬이라고 부르는 건지는 잘 모른다. 앉거나 구부리지 않고 우뚝 서 있기 때문인가?

지구상에 섬은 1백만 개 정도가 있는데 북구의 스웨덴과 핀란드가 각각 20만 개 전후의 섬을 보유하고 있다. 아시아에서는 인도네시아가 1만 7천여 개, 필리핀이 7천2백여 개, 일본이 6천8백여 개고 우리 대한민국은 3천3백여 개다.

우리나라 섬 중에는 유인도가 약 5백 개이고 무인도가 2천8백여 개다. 지역별로는 전남이 약 1천7백 개로 50%를 차지하며 경남(445), 충남(217), 인천(85)순이다.

크기별로 보면 인구 70만의 제주도가 가장 크고, 25만의 거제도, 3만의 진도, 7만의 강화도, 5만의 남해도 순이다. 그리고 안면도, 완도, 울릉도, 돌산도, 거금도가 그 뒤를 잇는다.

우리나라에서 유배지로서의 섬은 단연 제주도다. 조선시대의 15대 왕이었던 광해군은 권력 싸움에 휘말려 서인 주도의 인조반정으로 폐위되어 제주도로 유배, 15년 동안의 집권에 종지부를 찍었다. 그리고 유배 생활 15년 후에 사망하였다. 그러니까 광해군은 15라는 숫자와 각별한 인연을 맺은 셈이다.

미완에 그쳤지만 효종 때의 북벌계획 총책임자였던 송시열은 세자 책봉 문제에 휘말려 제주도로 유배 되었다가 사약을 마시고 사망하였다.

김정희는 안동 김 씨와의 권력 싸움에서 밀려나 제주도 서귀

포에서 9년 동안 유배 생활을 했다. 그는 드넓은 태평양을 바라보며 방랑자의 설움을 붓글씨로 달랬다. 그래서 추사체를 완성했고 '세한도'등 많은 서화를 남겼다.

섬 사나이를 꼽으라면 단연코 나폴레옹이다. 지중해 코르시카섬에서 태어난 나폴레옹은 10세 때 아버지를 따라 파리로 갔고 15세 때 육군 사관학교에 입학하여 포병 장교로 임관하였다. 27세 때 이탈리아 원정군 사령관으로서 전공을 세웠고 30세 때 이집트 원정길에 나섰으며 31세 때 쿠데타를 일으켜 제1통령이 되어 군사 독재를 시작하였다.

승승장구하며 유럽을 쥐락펴락하던 나폴레옹은 43세 때 러시아 원정에 실패하고 2년 후 영국, 프랑스, 오스트리아 등의 연합군에게 파리를 점령당해 지중해의 엘바 섬으로 유배되는 치욕을 당했다.

하지만 다음 해에 다시 황제 자리를 되찾았는데 5개월 뒤 워털루 전투에서 영국에게 참패당한 후 대서양의 세인트헬레나 섬으로 유배되어 6년 동안 투병 생활을 하다 52세로 사망하였다.

아마도 대서양의 망망대해를 바라보며 20여 년의 화려했던 권력을 그리워하며 회고 하다가 일장춘몽임을 깨닫고 가지 않았을까?

방랑자는 종교계에도 있다. 기독교의 창시자인 예수, 불교의 교조 석가모니, 이슬람교 교주 무함마드, 천도교(동학)를 창시한 최제우, 우리 토종 불교인 원불교를 개종한 박중빈 등이다.

기독교의 창시자인 예수는 이스라엘 남부 베들레헴에서 마리아의 아들로 태어났다.

이스라엘은 예수가 탄생하기 60년쯤 전부터 로마의 한 주로 편입된 식민지 상태였다. 그래서 독립을 위한 투쟁을 계속 했지만 번번이 실패하여 강력한 구세주(메시아)가 나타나길 바라고 있었다.

예수는 30세 무렵부터 선교 활동을 했는데 많은 군중들이 믿고 따랐다. 하지만 위기의식을 느낀 로마 당국이 예수의 제자인 유다를 유인하여 고발토록 해서 체포 후 사형 선고를 내렸다. 그래서 골고다 언덕에서 십자가에 못 박혀 34세로 생을 마감했다. 예수는 '신은 구원한다'는 뜻이고 그리스도는 '구세주'를 말한다.

기독교의 세계관은 하나님이 천지를 창조하였고 예수의 재림으로 세상이 종말을 맞는다고 믿는다.

짧은 생을 살다간 예수는 민족을 위한 방랑자처럼 살았던 성인이다. 이후 1천5백여 년이 지나 종교개혁이 일어나 파생 상품처럼 개신교(프로테스탄티즘)가 탄생했다.

대한민국에선 기독교를 천주교 또는 그리스도교라 하고 개신교를 기독교라 부르는데 잘못된 표현이다.

불교의 교조 석가모니를 보자. 석가모니는 히말라야 산맥의 카필라성에서 슈도다나왕(정반왕)과 마야부인 사이에서 태어났다. 왕자 신분으로 16세 때 결혼하여 아들을 두었는데 기아와 질병으로 신음하는 백성들을 구하고자 29세 때 출가했다.

그래서 6년간의 고행 끝에 보리수나무 아래에서 득도한 후 45년간 설법과 교화를 하다가 80세 때 열반하였다.

불교의 핵심은 4성제(苦·集·滅·道)와 8정도正道다. 고苦는 고통으로 가득 차 있는 현실을 바르게 보는 것, 집集은 고통의 원인이 되는 집착, 멸滅은 이상향인 열반의 세계, 도道는 열반에 이르는 수행 방법을 말한다.

이 수행 방법이 여덟 가지인데 정견正見, 정어正語, 정념正念, 정사유正思惟, 정업正業, 정명正命, 정정진正精進, 정정正定이다.

석가모니는 부모와 처자식을 남겨두고 홀연히 방랑의 길을 나섰다. 중생을 구하고자 부귀영화를 버린 채 고행의 방랑자가 된 것이다.

이슬람교 교주인 무함마드는 지금의 사우디아라비아의 메카에서 태어났다. 무함마드는 유복자로 태어났는데 여섯 살 때 어머니마저 사망하여 고아가 되고 말았다. 그래서 할아버지와 숙부에 의해 성장했고 시리아를 왕래하는 무역상이 되었다.

그러다가 25세 때 40세의 미망인 카디자와 결혼했다.

다소 여유롭게 살던 무함마드는 40세이던 610년에 동굴에서 명상 생활을 하다가 알라의 계시를 받고 이슬람교를 창시했다.

그 후 신도 수가 점점 늘어나 메카 지배층의 이해관계를 위협하자 박해가 시작되었다. 무함마드는 신도 70여명과 함께 메디나로 이주했는데 이를 헤지라(성천聖遷)라 하고 이슬람력의 기원으로 삼게 되었다.

그로부터 성스러운 싸움(지하드)을 시작했는데 차츰 강성해져 5년 후에 메카를 수복하였다. 그러니까 종교적인 신념에 따라 고행의 방랑자가 되어 떠돌아다닌 셈이다.

이슬람교의 특징은 몇 가지가 있다. 종교지도자인 이맘은 성직자가 아니라 예배를 할 때 의식을 주도적으로 인도하는 사람이다.

그리고 코란은 무함마드가 신에게서 받은 계시를 기록한 것으로 이슬람교의 경전이고, 하디스는 무함마드의 언행을 기록한 것이다.

또한 '살라트'라 해서 매일 다섯 번 메카를 향해 기도를 한다. 할랄과 하람이 있는데 할랄은 허용된 것이고 하람은 금지된 것이다. 대표적인 하람 음식은 돼지고기다.

이슬람의 양대 계보는 수니파와 시아파인데 수니파는 지도자(칼리프)를 선출하는 방식이고 시아파는 무함마드의 혈통을 지도자로 인정하는 방식이다. 오늘날 아랍권에서는 90% 정도가 수니파 국가이고 이란, 이라크, 바레인 등 10% 정도만이 시아파 국가이다.

우리나라 종교계에도 방랑자들이 있는데 먼저 동학(천도교)을 창시한 최제우를 보면 경주의 몰락한 양반 집안에서 태어나 10세에 어머니를 잃고 13세에 결혼했으나 4년 뒤 아버지까지 사망하여 3년 상을 마치자 집안 살림이 더욱 어려워져 떠돌이 생활을 하였다. 장사와 의술, 복술 등의 잡술에 관심을 보이다가 천명을 알기 위해 천성산으로 들어가 구도의 길에 접어들었다.

그래서 몇 년 후에 깨달음을 얻어 동학을 창시하여 포교 활동을 시작했는데 많은 사람들이 따르게 되었다. 이에 조정에서는 교세 확장을 우려해 사도난정邪道亂正의 죄목을 씌워 대구에서 참형시켰다.

동학의 교리와 사상은 「동경대전」, 가사체로 된 것을 모아 놓은 「용담유사」가 있다.

그의 사상은 하느님(천주)을 잘 모신다는 '시천주 사상', 앞으로 다가올 세상에 커다란 변화가 온다는 '후천개벽 사상', 사람이 곧 하늘이라는 '인내천 사상'으로 집약된다.

동학은 접주接主제도가 있다. 교구 또는 포교소인 접接의 책임자를 말한다. 최제우 생존 시에는 16명의 접주가 임명되어 활동하였다.

2대 교주인 최시형은 경전을 간행하여 교리를 확립하고 동학 탄압 중지와 창시자 최제우의 억울함을 호소하는 교조 신원 운동을 전개하였다.

하지만 정부의 묵살과 탄압, 전라도 고부군수 조병갑의 횡포에 반발하여 전봉준을 중심으로 동학 농민 운동을 전개하기도 했다. 하지만 공주의 우금치 전투에서 패해 체포되어 처형되고 말았다.

3대 교주인 손병희는 동학을 천도교로 개칭하고 3·1운동 당시 민족 대표 33인으로 활동하다가 체포되어 옥살이를 하였다.

일제 강점기의 암흑기엔 원불교가 탄생했다. 소태산 박중빈이 개종했는데 그는 전남 영광에서 태어나 15세 때 결혼했다. 20세 때 구도 행각의 후원자였던 아버지를 여의고 한일합병의 망국까지 겹치자 깊은 실의에 빠져 고행의 길로 접어들었다. 그래서 5년 후인 1916년에 원불교를 개종했는데 일원상(○)을 믿으며 시주나 동냥을 폐지하고 금주, 금연을 강조했다. 또한 간척사업,

과수원, 엿 공장 등을 경영하는 생활불교를 추구했다.

그러면서 일제의 탄압을 피해 '불법 연구회'를 조직하여 활동하다가 해방을 앞두고 52세를 일기로 열반하였다.

그러니까 박중빈은 조선말과 일제 강점기를 아우르며 반세기 남짓 살다간 고뇌의 방랑자였다.

해방 후 2대 교주격인 종법사 송규가 '원불교'라 개칭했다.

우리 인간은 누구나가 방랑자가 아닐까?

드넓은 하늘에 떠 있는 별들은 2천억 개가 넘는다. 그 별 중 하나인 지구에는 80억 명의 인구가 살고 있다. 아시아의 황인종, 유럽의 백인종, 그리고 아프리카의 흑인종에 관계없이 누구나 평등하게 저마다의 독특한 특징을 안고 태어난다. 빈부, 기후, 관습, 생활 여건 등이 다양하다.

세찬 울음과 함께 태어나서 젖을 먹으며 2천 번의 도전 끝에 일어서고 점점 자라다가 학교에 가고 군대를 거쳐 사회로 진출한다. 그래서 직장 생활을 하는데 눈치껏 잘 적응 해나가기도 하고 억울한 일이나 비정규직의 설움 때문에 비통해 하기도 한다. 그러면서 비온 후 땅이 더 굳어지듯 조금씩 성장해 나간다.

그러다가 웨딩마치를 울리며 가정을 꾸리면 또 다른 세계가 펼쳐진다.

하지만 쾌락은 일시적이고 책임은 장기적이며 무한대로 막중해진다.

식구들을 먹여 살리기 위해 이 눈치 저 눈치 살피며 4막 5장의 무대에 선 연극인이 되어야만 한다.

부모도 봉양해야 한다. 제대로 하지 않으면 불효자식으로 낙인 찍혀 많은 사람들로부터 지탄의 대상이 되고 입방아를 찧게 된다.

세월을 붙잡지 못한 채 수많은 일들을 겪으며 살다보면 이마와 손등에 주름이 하나 둘씩 늘어 점점 백두대간이 만들어지더니 바다를 연모하며 휘달리기 시작한다.

회갑 지나 칠순 찍고 망구까지의 방랑 80년 인생사가 순식간이다. 태어나서 지금까지 심장이 30억 번 이상 뛰었고 60ℓ 의 음식을 먹어 치웠으며 60만 번 웃고 3천 번 울었다. 그러니까 2백 번 웃을 때마다 양념으로 한 번씩 우는 현상이 전개 되었었다.

기쁜 일만 있으면 인생신이 시기와 질투를 해서 고심 끝에 신규로 개설한 슬픈 일이다. 정도의 차이는 있을지라도 누구에게나 상존하는 공통분모다. 그리고 이때부터의 남은 생은 덤이다.

그 동안 노심초사를 가슴에 안고 얼마나 많은 걱정을 하며 살았던가. 하지만 자신의 건강이 최우선이 되어야 하건만 가장 소홀히 한 채 오로지 앞만 보고 뛰다가 말년에는 폐차 직전의 고물 자동차가 되어 가드레일도 없는 비포장 내리막길을 스키 선수처럼 쏜살같이 달리지 않았던가. 더불어 방전 직전의 마지막 잎새가 되어 허우적대면서도 오만가지 걱정으로 날 지새기 일쑤다.

그러나 지나친 걱정은 기우인지도 모른다. 프랑스 파리의 어느 카페에 이런 문구가 써진 커다란 액자가 걸려있다고 한다.

'걱정엔 두 가지 사유가 있다. 성공할 것이냐 실패할 것이냐다. 만약 실패했다면 병들 것이냐가 걱정이고 병들었다면 죽게 될 것인지가 걱정이다. 그래서 죽게 된다면 천당이냐 지옥이냐가 걱정인데 지옥의 나락으로 떨어진다면 이미 먼저 가 있는 수많은 친구들과 재회의 악수를 나누기에 바빠 걱정할 시간적 여유가 없을 것이다.'

우리 모두는 태어나면서부터 각자의 성을 쌓은 채 방랑의 길로 들어섰다. 처음에는 따스한 부모 품안의 외길 이었으나 점점 세 갈래 길에서 방황하는 청춘이 되기도 하고 네 갈래 길에서 혼돈의 중년을 맞이하기도 했다.

그러다가 끝이 보이지 않는 수많은 가시덤불 방랑길을 헤매기 일쑤였다. 선과 악, 부와 가난, 명예와 수치, 사랑과 증오, 진리와 허위, 건강과 질병 등에서 말이다.

고난의 길이 따로 없다. 인생 그 자체가 고행의 길이자 고통의 길이다. 예수나 석가모니, 공자나 김삿갓이 갔었던 평탄치 않은 방랑의 그 길과 별로 다를 바가 없다. 오히려 양 어깨에 더 많은 짐들을 싣고 힘겹게 걸어왔는지도 모른다.

80kg짜리 쌀가마를 지게에 지고 산등성이를 버겁게 넘으면서도 우리 식구들이 먹을 양식이라는 생각만으로 입가에 미소를 지었었다.

하루 종일 고된 일과의 전쟁을 치른 뒤 삼겹살 한 근 사들고 집으로 향하는 그 발길이 그렇게 가볍고 뿌듯할 수 없었었다.

자식들이 신바람 나게 웃으면 그저 좋아서 따라 웃고 비통하게 울어대면 슬픔의 늪에 빠져 허우적대기도 했다.

폐차장으로 향하는 늘그막의 유일한 위안이라면 나의 핏줄인 새싹들이 재롱을 피우며 미소 짓게 하는 것이다. 이를테면 희열에 찬 내리 사랑이다. 그리고 때가 되면 무한대의 계주 선수처럼 바톤을 넘긴 채 역사의 뒤안길로 사라져 간다.

비록 우리네 인생이 알몸으로 태어나서 방랑 3천리인지 3만리인지를 헤매다가 옷 한 벌 걸치고 수많은 사연들을 두 시간으로 마무리 할지라도 살만한 가치가 있는 것이 아닐까!

혹시 우리 식구 먹을 양식이 조금이나마 여유가 있다면 이웃도 살피면서 동행한다면 금상첨화겠지?

어차피 부대끼며 사는 것이 인생사요 두루 살피면서 사는 것이 세상사가 아닌가. 지구촌 80억의 구성원으로서 내 이름 석 자를 더럽히지 않고 남에게 손가락질 받지 않으면 그것이 바로 값진 인생이다. 기껏해야 백 년을 놓고 실랑이를 벌이는 촌음과 같은 우리들의 인생은 깨알만한 점 하나 찍고 사라지는 점생點生이다.

이방인

초판 1쇄 인쇄일 • 2022년 11월 10일
초판 1쇄 발행일 • 2022년 11월 15일

지은이 • 이기원
펴낸이 • 임성규
펴낸곳 • 문이당

등록 • 1988. 11. 5. 제 1-832호
주소 • 서울시 성북구 동소문로 65-2 삼송빌딩 5층
전화 • 928-8741~3(영) 927-4990~2(편)
팩스 • 925-5406

전자우편 munidang88@naver.com

ISBN 978-89-7456-547-3 03810

값은 뒤표지에 표시되어 있습니다.

잘못된 책은 바꾸어 드립니다.
저자와의 협의로 인지는 생략합니다.